619

AF000047

Über das Buch
»Ich bin ein Mensch vom Weg, am liebsten ist mir, im Zug zu sitzen zwischen den Ländern. Der Zug ist ein schönes Zuhause«, sagt Emine Sevgi Özdamar. Aber sie kommt auch an: an Orten wie »ihrem Hauptbahnhof« in Düsseldorf, in Paris, in Berlin Ost und West, in Amsterdam, in Istanbul – in den Theatern, in Lied- und Gedichtzeilen. Die Erinnerung an Menschen, Bilder, Situationen, Gespräche und Telefongespräche, Kindheit, Leben und Tod – alles verwebt sich schließlich mit genauen Beobachtungen des Hier und Jetzt zu einer Gedankenreise, die die Autorin auf ihre ganz eigene Weise in Bilder und Sprache formt.

Die Autorin
Emine Sevgi Özdamar, geboren 1946 in Malatya, Türkei. 1967–70 Schauspielschule in Istanbul. 1976 Regiemitarbeit an der Ostberliner Volksbühne bei Benno Besson und Matthias Langhoff. Schauspielerin am Bochumer Schauspielhaus und Filmrollen u. a. in »Yasemin« von Hark Bohm und »Happy Birthday, Türke« von Doris Dörrie. Eigene Theaterstücke »Karagöz in Alamania« 1982 und »Keloglan in Alamania« 1991. Emine Sevgi Özdamar wurde 1991 mit dem Ingeborg-Bachmann-Preis und 1992 mit dem Walter-Hasenclever-Preis ausgezeichnet. 1994 stand sie auf der Liste von Publishers Weekly Best Books of the Year und 1995 auf der Liste des International Book of the Year des Times Literary Supplement. 1999 bekam sie den Adelbert-von-Chamisso-Preis und den Preis der LiteraTour Nord. 2003 erhielt sie den Literaturpreis der Stadt Bergen-Enkheim, 2003 den Kleist-Preis, 2009 den Kunstpreis Berlin des Landes Berlin, von der Sektion Literatur der Akademie der Künste als Fontane-Preis verliehen. 2010 wurde ihr die Carl-Zuckmayer-Medaille verliehen und 2012 erhielt sie den Alice-Salomon-Poetik-Preis. Die Romane der Autorin erschienen in 12 Sprachen.

Weitere Titel bei K & W:
»Das Leben ist eine Karawanserei«, 1992, KiWi 334, 1994. »Mutterzunge«, 1990, KiWi 477, 1998. »Die Brücke vom Goldenen Horn«, 1998, KiWi 554, 1999.

Emine Sevgi Özdamar
Der Hof im Spiegel

Erzählungen

Kiepenheuer & Witsch

Verlag Kiepenheuer & Witsch, FSC® N001512

Originalausgabe

© 2001 by Verlag Kiepenheuer & Witsch, Köln
Alle Rechte vorbehalten. Kein Teil des Werkes
darf in irgendeiner Form (durch Fotografie, Mikrofilm
oder ein anderes Verfahren) ohne schriftliche
Genehmigung des Verlages reproduziert oder unter
Verwendung elektronischer Systeme verarbeitet,
vervielfältigt oder verbreitet werden.
Umschlaggestaltung: Barbara Thoben, Köln
Umschlagfoto: Karl Kneidl
Druck und Bindearbeiten: CPI books GmbH, Leck
ISBN 978-3-462-03001-3

*Für meinen Vater Mustafa bey,
John Berger und
den Poeten Can Yücel*

Inhalt

Der Hof im Spiegel 11

Schwarzauge in Deutschland 47

Mein Berlin 55

Ulis Weinen 63

Mein Istanbul 67

Fahrrad auf dem Eis 77

Franz 113

Die neuen Friedhöfe in Deutschland 117

Meine deutschen Wörter haben keine Kindheit
Eine Dankrede 125

Quellenhinweise 135

Der Hof im Spiegel

Ich glaubte, sie war gestorben. Ich stand in der Küche, meinen Rücken an den Heizkörper gelehnt, und wartete, daß im großen Spiegel, der über meinem Küchentisch an der Wand festgemacht war, das traurige Licht in ihrem Zimmer, im Haus gegenüber, wo sie lebte, anging. Ihr Licht aus dem Haus auf der anderen Seite des Hofes war seit Jahren meine untergehende Sonne. Wenn ich ihr beleuchtetes Fenster im Küchenspiegel sah, erst dann machte ich das Licht in der Wohnung an. Jetzt stand ich im Dunkeln und hatte ein Biskuit in der Hand, aß aber nicht, hatte Angst, daß ich zu viele Geräusche machen würde. Wenn sie gestorben wäre ...
Im Treppenhaus ging das Licht an, jemand ging die Treppe hinunter. Durch das Milchglasfenster meiner Wohnungstür wuchs das Licht bis zur Küche, und ich sah mein wartendes Gesicht im Spiegel. Das mußte Herr Volker sein, der die Treppen heruntergeht. Seine Schritte waren früher viel lauter als jetzt. Er lebte damals mit einem jungen Mann zusammen, ein schöner Junge. Der junge Mann nähte oben an einer Nähmaschine schöne Kostüme für sich und für Herrn Volker. Durch das Rattern der Nähmaschine zitterte der Holzboden von Herrn Volker, und meine Decke zitterte mit. Und durch die zitternde Decke fingen auch die Teller, die übereinander im Küchenschrank standen, an zu zittern. Wenn er eine Pause machte, dachte ich, jetzt reißt er den Faden mit seinen Zähnen zwischen dem fertig genähten Stoff und der Nähmaschinennadel ab. So hatte es meine Mutter immer gemacht, als ich ein Kind war. Ein paar Fäden hingen immer an ihren Haaren herab, sie legte ihre rechte Gesichtshälfte auf die Nähmaschine, vor die

Nähmaschinennadel, und riß den Faden mit ihren Zähnen ab, der den Stoff und die Nähmaschinennadel verband. Sie hatte mir erzählt, daß ihr rechter Mittelfinger einmal unter die sich noch über dem Stoff bewegende Nadel geriet, die dann in ihrem Finger zerbrach. Die Ärzte sagten: »Wir können es operieren, aber keine Angst, die Nadel wird sich nicht bewegen und zu Ihrem Herzen laufen. Sie wird dort in Ihrem Finger steckenbleiben.«

Als Kind hatte ich immer wieder an ihrem Finger nach dieser halben Nadel getastet. Manchmal stand ich in der Nacht aus dem Schlaf auf und tastete im Dunkeln an ihrem Mittelfinger ab, ob die Nadel noch da war. Oder war sie auf dem Weg in Richtung ihres Herzens? Ich war jahrelang die Wächterin einer kaputten Nadel. Als sie starb, stand ich auf dem Friedhof nicht unter dem Baum, wo die Männer sie in die Erde ließen, sondern unter dem nächsten Baum, denn die Mädchen durften nicht am offenen Grab der Toten stehen, nur die Söhne. Die Männer nahmen sie aus dem Sarg, faßten ihr Leichentuch an den vier Ecken, plötzlich sah ich ihre Fersen, die aus dem Leichentuch herausschauten. Sie schaukelt, dachte ich, hier ist ein Garten, sie schaukelt in einer Schaukel, die man zwischen den beiden Bäumen festgemacht hat, ich stehe unten und sehe ihre Fersen.

Als sie aus der Welt ging, hat sie nur eine halbe Nadel mitgenommen. Wenn ich sie einmal verletzt hatte, sagte sie zu mir: »Meine Tochter, zuerst mußt du mit einer kleinen Nadel in dein eigenes Fleisch stechen. Nur wenn es nicht weh tut, kannst du mit einer Nadel in das Fleisch der anderen Menschen stechen.« Oder »Was ist der Mensch?« sagte sie, »sein Fleisch kann man nicht essen, seine Haut kann man nicht anziehen. Ein Mensch hat nicht mehr als seine süße Zunge.« Als sie starb, dachte ich, wie viele Wörter hat sie mit unter die Erde genommen? Ich hatte große Sehnsucht nach ihren Wörtern. Sie hatte gesagt: »Die Welt ist die Welt von Toten, wenn man die Anzahl der Lebenden und der Toten bedenkt.« Wie viele Wörter lagen jetzt dort unten?

Ich saß im Flugzeug und handelte im Himmel mit dem Tod. »Wenn ich in Istanbul ankomme, wird meine Mutter mir die Tür aufmachen, das Zimmer wird nach den kochenden, gefüllten Weinblättern riechen, die ich liebe.« Als ich in Istanbul in der steilen Gasse aus dem Taxi ausstieg, bewegten sich oben an ihrem Fenster die Vorhänge durch den Wind vom Marmarameer. Tagelang suchte ich auf den Straßen Frauen, die ihr ähnlich waren. Ich fand nur zwei. Die Zigeunerin, die am Anfang der langen steilen Gasse immer Blumen verkaufte und dünne Zigaretten, eine nach der anderen, drehte und die Zigaretten so bis ans Ende rauchte, daß keine Kippen um sie herum auf der Straße lagen. Ich fuhr in Zügen und fragte die Menschen, ob ihre Mütter noch lebten oder wie alt sie gewesen waren, als sie gestorben waren. Aber egal, ob ihre Mütter jünger oder älter gestorben waren als meine Mutter, es half mir nicht. Einmal hielt der Zug an einem kleinen Bahnhof. Dort saßen auf der Erde kurdische Frauen und Kinder, die als Saisonarbeiter dorthin gebracht worden waren. Aber es hatte sehr viel geregnet, und die Baumwolle, die sie pflücken sollten, war naß geworden. Eine der kurdischen Frauen weinte laut. Ihr Weinen war dem Weinen meiner Mutter ähnlich, aber der Zug fuhr los, und ich hörte noch ihre weinende Stimme.
Vor dem Tod meiner Mutter hatte ich meinen Vater nie telefonieren gesehen. Wenn das Telefon klingelte, sprach er sehr kurz mit einem meiner Geschwister.

»Komm vorbei, mein Sohn, wir sind zu Hause«, dann legte er wieder auf. Jetzt suchte er in der Wohnung Hefte mit all den Telefonnummern, die sich seit fünfzig Jahren gesammelt hatten, wählte diese Nummern, erzählte denen, die noch lebten, vom Tod meiner Mutter und sagte »Such für mich eine Frau«. Such für mich eine Frau. Ich saß auf einem Sessel. Auf dem Sessel gegenüber sah ich noch die Sitzspuren meiner Mutter. Mein Vater saß mit dem Rücken zu mir am Telefon. Seine Schultern hingen herunter. Ich lief zu ihm, legte meine Hand auf seine Schultern und wollte sie etwas streicheln und massieren. Ich hörte aus dem Hörer die Stimme eines Mannes, den mein Vater vor zwanzig Jahren am Strand kennengelernt und dessen Nummer er zuerst im Sand notiert hatte, bis ich ihm aus der Strandkabine seinen Stift und seine Zigarettenschachtel zum Notieren gebracht hatte. Plötzlich schrie diese Stimme im Hörer »Herr Mustafa, Erdbeben, Erdbeben!«, und die Erde trug mich, meine Hände auf den Schultern meines Vaters, einen Meter vorwärts und wieder zurück, ich kam wieder genau dort an, wo ich vor einer Sekunde gestanden hatte. Aber mein Vater, den Hörer in seiner Hand, sagte, er habe das Erdbeben überhaupt nicht bemerkt. Am nächsten Tag ging er an der Ecke der steilen Gasse zur Apotheke und wollte, daß der Apotheker eine Frau für ihn findet. Dann lief er auf einen Friedhof in der Nähe, wo Istanbuler Armenier begraben waren, kam mit einer Flasche Raki zurück und gab mir ein Glas. In der Nacht legte er sich auf die Seite des Bettes, wo immer seine Frau gelegen hatte. Damals flüchteten gerade aus Bulgarien viele bulgarische Türken in die Türkei. Sie wohnten in Zelten, und man erzählte, daß die türkischen Grenzpolizisten die Frauen, die auf der Flucht aus Bulgarien in die Türkei waren, vergewaltigen

würden. Mein Vater sagte zu meinem Bruder: »Mein Sohn, geh, such eine bulgarische Frau für mich. Sie braucht ein Dach überm Kopf.« Dann ging er wieder zur Apotheke, um dem Apotheker das gleiche zu sagen. Dort war aber ein Lastwagen in die Apotheke gefahren. Seine Bremsen hatten auf der engen steilen Gasse plötzlich versagt, und er hatte alle Medikamentenflaschen, die in den Regalen standen, zerstört. Auf dem Lastwagenkühler liefen Hustensirup und Kölnisch Wasser herunter und mischten sich mit Jodgeruch. Auf dem Boden lag zerquetscht die alte Waage, auf der meine Mutter und mein Vater sich vierzig Jahre lang ab und zu gewogen hatten.
»Vater, ich muß morgen nach Deutschland zurückfahren.«
Alle Kleider meiner Mutter gab ich der Zigeunerin, die vorne in der steilen Gasse Blumen verkaufte, und fuhr aus Istanbul weg. Erst als ich in Deutschland hier auf dem Tisch das Telefon sah, fing ich an zu weinen. Jetzt verstand ich den Schmerz und die Unruhe meines Vaters. Ich hatte vor einiger Zeit einen Film über Glenn Gould gesehen. Er komponierte und war sehr depressiv und telefonierte andauernd mit seinen Freunden. Einmal bat er einen Taxifahrer anzuhalten, er ging in eine Telefonzelle, telefonierte vielleicht eine Stunde lang mit einer Freundin, und das Taxi wartete. Ohne Licht. Der Fahrer rauchte im Dunkeln. Auch ich hatte seit Jahren, wie Glenn Gould, immer mit meinen Eltern oder Freunden telefoniert. Als ob die Vögel, die sich auf die Telegrafenmasten setzen, die Liebe dieser Menschen aufpicken und in ihren Mündern und mit ihren Füßen zu mir bringen könnten. Das Telefon meines Vaters in Istanbul war jetzt immer besetzt. Erst als auch mein Vater ein paar Tage später starb, war das Telefon nicht mehr besetzt.

Wie ein Vogel, der vor Sehnsucht blind geworden ist, hatte er in einem geschlossenen Zimmer seinen Kopf an alle Wände gestoßen, alle Stimmen aus seiner Vergangenheit mit dem Telefon gesucht, seine Federn bei jedem Telefongespräch, eine nach der anderen, auf den Tisch gelegt, und dann war er gegangen. Ich hatte ihn einmal am Telefon gefunden.
– Vater, was machst du?
– Ich sitze hier im Dunkeln.
– Ich auch, Vater.
Das dunkle Zimmer. Wie im Märchen das vierzigste Zimmer. Du darfst neununddreißig Zimmertüren aufmachen, aber du darfst nie das vierzigste Zimmer öffnen. Dort ist der Tod. Aber der Held machte immer das vierzigste Zimmer auf.

Herrn Volkers Schritte waren im Treppenaufgang in den letzten Monaten nicht mehr so laut wie früher. Der schöne junge Mann, der an der Nähmaschine für sich und für ihn schöne Kostüme genäht hatte, hatte ihn verlassen, und Herr Volker hatte zwanzig Kilo abgenommen. Wenn er in der Nacht die Treppen hochging, streifte er manchmal mit seinem Körper meine Wohnungstür. Wenn er dann oben seine Tür hinter sich geschlossen hatte, machte ich unten die Tür auf, und der Treppenaufgang roch nach Alkohol. Eines Nachts, als er einmal oben auf den Holzboden schlug und laut weinte, ging ich zu ihm. Er sagte mir, er habe sich, damit das Telefon mit ihm Mitleid habe, auf den Holzboden neben das Telefon gelegt. Aber das Telefon hatte kein Mitleid mit ihm. »Er ruft nicht an.« Er erzählte: »Joseph Conrads Figur Marlow sagt im ›Herz der Finsternis‹: ›Die Erde ist für uns ein Ort, auf dem wir leben, auf dem wir fertig werden müssen mit Bildern, Klängen, auch mit Gerü-

chen, weiß der Himmel! – auf dem wir sozusagen Flußpferdaas riechen müssen, ohne uns vergiften zu lassen. Und, seht ihr, da kommt die eigene Stärke ins Spiel, der Glaube an die eigene Fähigkeit, unauffällige Gruben zu graben, um das Zeug zu verscharren – ...‹«
Ich ging runter und rief ihn an. »Herr Volker, Ihr Telefon hat doch ein bißchen Mitleid mit Ihnen.« Er lachte oben.

Ein Freund in Paris, der an der Uni als Professor für Urbanistik arbeitete, kam nach Hause, gab seiner Frau und mir zwei leere Blätter und sagte: »Ich habe heute von einem meiner Schüler erfahren, was er für seine Doktorarbeit macht: Er verteilt in Paris an viele Menschen Blätter und bittet sie: ›Zeichnen Sie Ihren persönlichen Parisstadtplan‹. Alle Zeichnungen waren ganz verschieden voneinander. Jeder hat in einer Stadt seine persönliche Stadt.« Seine Frau und ich zeichneten auf dem Papier die Orte, die für uns Paris bedeuteten. Auch diese waren sehr unterschiedlich. Wenn ich in dieser Stadt hier meinen persönlichen Stadtplan zeichnen würde, dann sähe er so aus: Als erstes der Papageienladen auf der großen Straße. Ich ging damals, als ich hierhergezogen war, in das Geschäft. »Entschuldigen Sie, wie viele Sprachen spricht Ihr Papagei?« Die Verkäuferin sagte: »Wir sprechen deutsch.« Dann die Bäckerei, in der die Bäckerin, wenn ich reinkomme, mir fast mit ihren großen Brüsten die Tür aufmacht. »Hallooooo!« Wenn ich kurz vor Ladenschluß zu ihr gehe, erzählt sie mir ihre Liebesaffäre mit einem polnischen Mann und schenkt mir Kuchen. »Nehmen Sie, sonst wird das Schweinefutter.« Dann der Buchladen, in dem Oriana Fallaci und ich Lesungen hatten. Dort der Herr Rupp, der schöne Buchhändler, der, nachdem die Buchhandlung sich in eine

Reisebuchhandlung verwandelt hatte, in einer anderen Stadt Arbeit suchte.
Dann der Penner, der auf der Luxuseinkaufsstraße Königsallee Weihnachten unter den Glühbirnen, die in den Bäumen hingen, allein mit seinen Plastiktüten auf einer Holzbank genau gegenüber von Armani saß. Die drei Könige müssen auch mal bei ihm vorbeikommen. An diesem Abend gab es in dieser berühmten Straße keinen Menschen außer uns beiden. Ich gab ihm dreihundert Mark. Der Penner sagte: »Aii, aii, aii. Sind Sie aus dieser Stadt?« »Ja, aber ich liebe die Stadt nicht.« Er hielt das Geld noch in der Hand, sein Gesicht, das das Lachen vergessen hatte, versuchte, Muskeln zu finden, die Freude auszudrücken. Das Gesicht schaffte es nicht, seine Stimme aber, seine Stimme verwandelte sich plötzlich in eine Eunuchenstimme und sagte: »Die Stadt ist an sich sehr nett, aber die Menschen sind dumm.« Ich sagte: »Wissen Sie, vielleicht hat die Stadt keine Schuld. Ich habe früher in anderen Städten immer am Theater gearbeitet. In dieser Stadt habe ich kein Theater, ich habe keine Freunde, ich arbeite nur zu Hause.« Manchmal suchte ich auf den Straßen nach diesem Mann. Ich begegnete ihm noch zweimal. Bei der ersten Begegnung sagte er zu mir: »Ich halte es nicht mehr aus.«
Ein paar Jahre später erkannte er mich nicht mehr und schrie mich an: »Ich will meine Ruhe haben.«
Dann die Metzgerei Carl. Das Haus war rosa gestrichen, und über dem Eingang der Metzgerei hing eine rosa Schweineskulptur. Die alte Metzgerin, ihr Sohn und ihre Schwiegertochter arbeiteten dort. Wenn ich auf der anderen Straßenseite vorbeiging, begrüßten sie mich, wenn sie gerade Hackfleisch wogen oder Kotelettes schnitten. Eines Abends stand die alte Metzgerin allein im Laden

und hielt sich, als sei sie in einem luftleeren Raum, an der Theke fest, um nicht in der Luft hin und her zu fliegen. Normalerweise war die Metzgerei immer voll mit Kunden, aber an diesem Abend stand sie allein dort. Sie schaute mir in die Augen, und obwohl ich nichts kaufen wollte, ging ich in den Laden rein. Kling, kling. Die Tür ging auf und zu. In dem verglasten Kühlschrank sah ich nichts außer ein paar gefrorenen Hähnchen.
»Haben Sie heute keine frischen Hähnchen?«
»Nein.«
Die alte Frau schaute lange in meine Augen. Nach einer Stunde ging ich wieder hin und kaufte ein gefrorenes Hähnchen. Sie streckte ihre beiden Hände in den Kühlschrank, um das Hähnchen rauszuholen, und unter dem Neonlicht sahen ihre Hände ein paar Sekunden aus wie Marmor. Als ich sie am nächsten Tag wieder allein im Laden sah, ging ich zu dem marokkanischen Schuster Omar. »Omar, wo sind die jungen Metzger?« Omars Schustermaschine war sehr laut. Er schliff gerade die Sohlen eines alten Cowboystiefels und sprach laut gegen die Maschinengeräusche an. »Sie sind mit ihrem BMW auf der Autobahn umgekommen. Es hatte stark geregnet, auf der Straße lag ein Ast, und sie sind im Wald gestorben.« Ich brachte der alten Metzgerin drei Blumen. »Ach, die Schauspielerin«, sagte sie, als sie die Tür aufmachte. In ihrer dunklen Wohnung hinter der Metzgerei roch es nach kochendem Fleisch. Am nächsten Tag sah ich die drei Blumen im Schaufenster stehen. An einem Frühlingsabend sah ich die alte Frau mit einem Mann sprechen. Sie hatte sehr abgenommen, und das Fleisch ihrer Oberschenkel hing über den Knien wie eine nicht hochgezogene, an den Knien große Falten schlagende Strumpfhose. Sie schaute diesen alten Mann an, lächelte und nickte. Es kam mir vor, als lächelte sie in

hohem Fieber. Der Mann, mit dem sie sprach, war ein Pfarrer. Bald starb auch sie. Man entfernte die Schweineskulptur, die über der Metzgerei hing, und das Haus wurde weiß gestrichen. Als sie gestorben war, hatte ich im Küchenspiegel geweint und mit meiner Mutter telefoniert.
»Mutter, die alte Metzgerin ist auch tot. Warum mußte sie sehen, daß ihre Kinder vor ihr gestorben sind?« Meine Mutter weinte in Istanbul und sagte: »Arme Frau, arme Frau. Die Menschen sterben eben, meine Tochter.«
»Mutter, ich möchte vor dir sterben, ich könnte nicht aushalten, wenn du einmal nicht mehr da bist.« Meine Mutter sagte: »Mein Kind, die Sätze, die du gesagt hast, soll dir ein starker Wind aus deinem Mund wegtragen. Sag so etwas nie wieder. Weißt du, was es für eine Mutter heißt, ihr Kind zu verlieren?« »Mutter, woran ist mein Bruder gestorben?« »Weiß ich nicht. Auf einer Hochzeit hat er noch auf den Tischen getanzt, am nächsten Morgen ist sein Hals angeschwollen, und er konnte nicht mehr atmen. Die bösen Blicke hatten ihn getroffen...«
Als meine Mutter mir das am Telefon erzählte, sah ich im Spiegel am Küchenfenster eine Biene entlangkrabbeln. Vielleicht hatte meinen Bruder eine Biene in die Zunge gestochen.
Meine Mutter erzählte: »Ich wurde danach zwei Jahre lang krank. Die Ärzte sagten: Knochentuberkulose. Ich ging an Krücken, und die Ärzte glaubten, daß ich keine Kinder mehr bekommen könnte. Eines Nachts sah eine der Frauen meines Vaters im Traum den Heiligen Ali, Mohammeds Schwiegersohn. Er sagte über mich: ›Sie wird noch einmal einen Sohn bekommen. Sie muß ihn dann nach mir Ali nennen.‹ Tatsächlich bekam ich acht Monate später deinen Bruder Ali.«

»Hast du sehr geschrien, als du mich geboren hast, Mutter?«
Ich stellte den Kassettenrecorder an, und meine Mutter machte am Telefon nach, wie sie geschrien hatte, als sie mich geboren hatte. Dann lachte sie genauso lange, wie sie vorher geschrien hatte: »Du hättest eigentlich ein Junge werden müssen, du hast nur mit den anderen Jungen unter den Brücken gespielt, und dein Bruder hat mir beim Kochen geholfen. Wenn wir dich gelassen hätten, hättest du sogar unter den Brücken geschlafen.«
Auch in dieser Stadt hier liebe ich die Brücken. Ich laufe über sie zur anderen Seite der Stadt hinüber und halte meinen Rock fest. Auf der anderen Seite des Flusses wohnte Joseph Beuys.
Auch diese Brücken sind ein Teil meines persönlichen Stadtplans, wie auch Heinrich Heines Geburtshaus, das Bambi-Kino und der Hauptbahnhof. Wenn man in der Bahnhofshalle in einem Café sitzt, rennen vor einem Menschen als Masse, zu den Zügen. Sie sehen so aus, als ob sie unter ihren Füßen ein elektrisches Laufband vorantrüge. Dann ist alles leer, und man sieht nur ein paar Penner, die als Gruppe Bier trinken. Dann beginnt wieder das Band zu laufen und trägt die Massen in entgegengesetzte Richtung.
Unter mir in dem Haus, in dem ich wohne, im Parterre, reparierten zwei Männer Fernsehapparate. Den ganzen Tag liefen dort viele Fernseher. Manchmal liefen Filme, manche zeigten nur Schnee. Einmal klingelte der kleinere Mann bei mir und sagte: »Wir wären gerade alle fast verbrannt. Ein Fernseher ist explodiert und in Flammen aufgegangen. Genau hier drunter.« Ich faßte den Parkettboden an, er war ganz heiß. Diese beiden Männer waren früher in Südafrika Piloten für reiche Weiße gewesen. »Was da abgeht, kann kein Fernseher berichten«, sagten

sie. Sie waren ein Fernsehnachrichtendienst. Sie wußten alles über die Leute, die in der Straße wohnten, weil viele Leute ihnen ihre Fernseher zur Reparatur brachten, bei ihnen einen neuen Fernseher kauften oder die beiden zu den Leuten in die Wohnungen gingen. Wenn ich etwas wissen wollte, ging ich zu ihnen. »Ist Herr Volker krank? Warum ist er so dünn geworden?« Einer der beiden schaltete gerade durch alle Programme, und zwischen Horst Tappert, Schimanski, Lindenstraße, Milkaschokoladenkuh, Billard spielenden Holländern, Fischerchor, XY Ungelöst und Heidi antwortete er mir: »Wissen Sie nicht, sein junger Freund hat ihn verlassen. Volker hat sehr darunter gelitten.« »Wer sind die Frauen, die in dem Eckhaus am Hof wohnen?« »Sechs Nonnen. Und ein Pfarrer. Die Nonnen haben bei uns für die älteste Nonne einen Fernseher ausgeliehen. Ich war in ihrem Zimmer. Wissen Sie, welches Buch die alte Nonne gerade las? ›Alice im Wunderland‹.« »Ich liebe ›Alice im Wunderland‹.«

Nachdem ich wußte, was die alte Nonne gerade las, stand ich vor dem Küchenspiegel, in dem ich das Licht der alten Nonne sah, grinste wie die Grinsekatze aus »Alice im Wunderland« und machte das Licht aus. Die Grinsekatze verschwand wie in »Alice im Wunderland«. Dann machte ich das Licht wieder an, grinste wieder wie die Grinsekatze und stellte mir die alte Nonne vor. Ihre beiden Hände hielten das Buch vor ihr Gesicht, sie hatte ihr weißes langes Nachthemd mit den langen Ärmeln an, aber in diesem Nachthemd hatte sie keinen Körper. Ein langes Nachthemd liest mit Kopf und zwei Händen »Alice im Wunderland«, und ich grinste das Nachthemd als Grinsekatze im Spiegel an. Irgendwann machte die alte Nonne das Licht aus. Ich hörte sofort mit dem Grinsen auf, sie hatte das Buch zugemacht. Manchmal, wenn

das Licht der alten Nonne gerade ausging, kam Herr Volker die Treppen hoch. Im Treppenaufgang ging das Licht an, die Holztreppen knarrten, seine Tür oben ging zu, ich machte unten die Tür auf, und der Treppenaufgang roch nach seinem Parfum.
Das war mein persönlicher Stadtplan. Doch da war noch etwas. Einmal lief ich in Richtung Bahnhof. Ein dünner deutscher Mann ging wie in der Mitte geknickt, zur Erde gebückt, die Straße entlang. Neben ihm lief sein jugoslawischer Freund, ein großer Mann, der sich zu seinem Freund hinunterbeugte. Ich sagte im Vorbeigehen: »Sie müssen Akupunktur für Ihren Rücken machen lassen. Ich kenne einen Arzt, der durch Akupunktur geheilt worden ist.« Dann lief ich weiter. Ein paar Minuten später stiegen die beiden plötzlich aus einem Bus aus, mit dem sie mir gefolgt waren, weil der gebückte Mann nicht schnell genug laufen konnte. Sie luden mich ein, etwas mit ihnen zu trinken. Ich trank an der Imbißbude hinter der Bushaltestelle mit den beiden eine Dose Bier. Dann der Rahmenmacher an der Ecke, der für meine Selbstportraits viele Rahmen gemacht hatte. Er hatte seinen linken Daumen bei einem Unfall verloren, die Ärzte hatten ihn wieder angenäht. Wenn wir über ein Bild gebückt einen passenden Rahmen suchten, zitterte dieser angenähte Daumen und sah aus wie ein Kinderdaumen in einem Gummihandschuh. Eines Tages rief seine Freundin mich an. Ich stand wieder, das Telefon in der Hand, vor dem Spiegel. »Entschuldigen Sie bitte, Herr Rüdiger ist tot, können Sie Ihr Bild abholen? Er ist nicht mehr dazu gekommen, Ihr Bild einzurahmen.«
Die Freundin, Renate, gab mir das Bild.
»Woran ist er gestorben?«
»Er hat Tabletten genommen.«
»Warum?«

»Er war krank, Mundkrebs. Und er war ein sehr feiner stolzer Herr, wissen Sie. Er hat es nicht ausgehalten. Er war Jude. Wir wollten bald heiraten, er wollte noch alles für mich regeln.«
»Mutter, der jüdische Rahmenmacher ist auch tot. Er hatte auch das Bild, auf dem du dreizehn Jahre alt bist, eingerahmt.«
»Weine nicht, meine Tochter. Weine nicht. Die Menschen sterben eben.« Meine Mutter in Istanbul und ich vor dem Spiegel weinten am Telefon.

Alle Toten wohnen in diesem Spiegel. Die Metzgerin, ihr Sohn Georg, ihre Schwiegertochter. Die alte Metzgerin wog 300 g Hackfleisch ab, die junge Metzgerin gab mir im Spiegel Rezepte, wie ich Roastbeef machen könnte. Sie spricht mit ihrem Mann, der unten im Keller das Fleisch hackt, durch ein Mikrophon. »Georg, kannst du Kalbsniere hochbringen? Die Schauspielerin ist da.« Oder der Papagei, der so ein unverständliches Deutsch zu mir gesprochen hatte. Der jüdische Rahmenmacher, der bald Renate heiraten wollte. Er steckt kleine Nägel in seinen Mund und nimmt mit seinem zitternden Daumen und Zeigefinger einen Nagel heraus. Meine Mutter. Mein Vater. Alle wohnen in diesem Küchenspiegel.
Und jetzt, jetzt denke ich, die alte Nonne im Hof ist auch gestorben. Die Toten im Spiegel machen Platz, wenn ein neuer Toter kommt. Manchmal fliegt eine Biene durch das Fenster und fliegt im Spiegel zwischen den Toten. Die Toten sehen sie, sie sehen den Dampf der kochenden Espressomaschine auf dem Herd. Oder ein Vogel fliegt durchs offene Fenster und fliegt im Spiegel umher. Ich dusche in der Badewanne, sehe mich nackt zwischen den Toten im Spiegel. Im Hof klingelt der Postbote an einer Tür. Ob er herzkrank ist, wie viele türkische Post-

boten? Es regnet auf dem Balkon und über den Toten im Spiegel. Manchmal kommen Hunderte kleiner Mücken und drehen sich wie verrückt um die Glühbirne, die vor dem Spiegel hängt.

Ich wartete noch eine Weile im Dunkeln, meinen Rükken am Heizkörper, aber das Licht der alten Nonne ging im Küchenspiegel nicht mehr an. Am Ende machte ich das Küchenlicht doch an. Im Spiegel sah ich mich, die Küche, die Badewanne und den Balkon, der zum Hof schaute. Der Hof sah genauso aus wie vor vielen Jahren, als ich ihn zum ersten Mal gesehen hatte. Nur der Baum vor dem Haus der Nonnen war jetzt sehr groß geworden. Wenn dieser Baum dort nicht vor sich hin gewachsen wäre, könnte ich glauben, daß das Nonnenhaus nicht ein echtes Haus, sondern ein großes Foto wäre, das dort im Himmel hängt. Und dieses Foto spiegelte sich dann in dem Spiegel, der über dem Tisch hing, dort, wo das Telefon stand. Ich telefonierte vor dem Spiegel immer im Stehen. Der Spiegel zeigte mir, ob ich den Menschen liebte oder nicht, mit dem ich gerade sprach. Wenn ich jemanden nicht liebte, fing ich an, im Spiegel den Staub auf den Küchenregalen oder auf den Bilderrahmen zu sehen, oder ich sah, daß ein Bild an der Wand etwas schief hing. Das muß ich später gerade hängen. Im Spiegel sah ich mich noch einmal, hörte meine Stimme, sah die Küche, und die Küche verlängerte sich bis zum Nonnenhaus im Hof. Der Urbanist in Paris hatte einmal über die Wohnästhetik des Orients geschrieben. Die Menschen dort verlängerten ihre Häuser bis zu Gassen. Plötzlich befand sich so ein Fenster vor dem Fenster der Nachbarn. Die Häuser mischten sich ineinander, und so entstanden fast Labyrinthe. Die Nachbarn wachten Nase an Nase auf. Auch ich hatte diese Wohnung mit drei Spiegeln bis zum Hofhaus verlängert. In der Küche ein Spiegel, von der Küche aus konnte man links und rechts in zwei Zimmer gehen. Im Zimmer rechts stand ein großer Spiegel in der Ecke, und im linken Zimmer hing über einem Malerschrank ebenso ein sehr großer Spiegel, der an der hohen Decke aufgehängt war. Die drei Spiegel sammelten alle Fenster und Etagen und den Garten des Nonnenhauses aus drei verschiedenen Perspektiven. Wenn ich mit dem Rücken zum Hof stand, sah ich in den drei Spiegeln alle Fenster und den Garten der Nonnen. Wir lebten alle in drei Spiegeln Nase an Nase zusammen. Wenn ich aufwachte, schaute ich nicht vom Balkon aus auf den Hof, sondern schaute in den Spiegel. Ich kochte Kaffee oder schrieb oder putzte und konnte immer wieder den Hof und meine Nachbarn in meinen Zimmern sehen. Manchmal passierten auch kleine Unfälle wegen der Spiegel. Die Nonnen vermieteten in der ersten Etage ein paar Räume an eine Druckerei. Ich sah dort drei Drucker an ihren Maschinen stehen, und morgens und mittags, wenn sie Pause machten, standen sie an den drei Fenstern, genau meiner Wohnung gegenüber, und tranken Kaffee. Eines Morgens ging ich nackt vom Bett zur Küche, und einer der Drukker, der mit der Kaffeetasse in der Hand am Fenster stand, sah mich. Ich warf mich auf den Boden, und er warf sich fast synchron mit mir auch auf den Boden. Ich krabbelte bis zu einer Ecke, wo er mich nicht mehr sehen konnte, und schaute in einen Spiegel, was er jetzt machte. Er stand auf, mit dem Rücken zum Fenster, und trank seinen Kaffee weiter. Außer den drei Zimmern zum Hof, in denen die drei Spiegel standen, gab es noch drei weitere Zimmer in der Altbauwohnung. Die schauten aber zu einer großen Straße. Die Vorhänge waren dort immer zugezogen. Dem Haus gegenüber gab es einen

Malteser-Krankendienst. Von dort aus fuhren mit weißen Krankenpflegerkitteln bekleidete Jungs mit Sirenen in die Stadt. In einem Zimmer stand der Flügel meines Freundes, der immer in Wien oder München arbeitete und nur selten in der Wohnung lebte. Wenn er mal da war, spielte er Klavier, und ich hörte ihm vor dem Spiegel stehend zu und sah dabei weiter die Nonnen oder die Drucker im Hof. Ich kam mir vor, als hätte ich ihnen meinen Salon zur Verfügung gestellt, um Klaviermusik zu hören. Ich rief meine Mutter an. »Mutter, Karl spielt jetzt für den ganzen Hof und für dich Klavier.«
»Karl, bitte spiel das ›Gebet einer Jungfrau‹. Karl, spiel bitte ›Ach, die Liebe, ein süßes Licht‹. Karl, spiel bitte ›Fremd bin ich eingezogen, fremd gehe ich wieder raus‹.«
Karl spielte alles, und am Ende spielte er immer ein von Kurt Weill vertontes Berliner Volkslied für mich.

Ick sitze da un' esse Klops
uff eenmal klopp's.
Ick kieke, staune, wundere mir,
uff eenmal jeht'se uff, die Tür.
Nanu, denk ick, ich denk: nanu,
jetzt is'se uff, erscht war 'se zu!
Ick jehe raus, un blicke
un wer steht draußen?
Ikke!

Ich liebte den Spiegel, der über dem Küchentisch hing. Man konnte den Raum zum Sprechen bringen. Ich hörte nur dort meine Stimme. Meine Mutter aus Istanbul am Telefon, die Espressomaschine kochte, rauchte, in dem beleuchteten Ofen briet das Hähnchen. Die Motten flogen aus der Reis- oder Weizengrütze, wenn ich

den Küchenschrank aufmachte. Die Bienen kamen hierher und liefen über das Obst, und im Spiegel bewegten sich die Drucker oder die Familie aus Afrika, die die Nonnen im Parterre wohnen ließen. »Mutter, jetzt backt die schwarze Frau Brot.« Ich erzählte meiner Mutter in Istanbul am Telefon wie ein Fußballkommentator, was im Hof los war. Meine Mutter fragte: »Hat sie viele Kinder?« »Ja, vier. Hör ihren Stimmen zu. Sie sind jetzt in der Pubertät. Jetzt krempelt die Tochter ihrer Mutter den Hemdärmel hoch, damit er nicht an den Teig kommt.« Die afrikanische Frau backte jeden Tag am Fensterbrett Brot, weißer Teig zwischen ihren schwarzen Fingern. Das Mehl staubte aus dem Teig durch das mit Fliegendraht vergitterte Fenster raus in die Luft, und im Spiegel staubte das Mehl. Die vier schwarzen Kinder spielten Ball, im Spiegel. Die Frau hob beim Brotbacken öfter den Kopf und schaute zu meinem Balkon. Sie sah mich nicht, aber ich sah ihre mich suchenden Augen im Spiegel. Ich streichelte ihr Gesicht.
»Mutter, ich streichle jetzt der Frau ihr Gesicht.«
Die Nonnen standen nicht sehr oft am Fenster. Die Tüllvorhänge waren immer zugezogen. Im Spiegel sah ich aber öfter die Hand der alten Nonne. Wahrscheinlich aß sie nicht mehr mit den anderen fünf, sondern in ihrem Zimmer im Bett. Denn jeden Mittag und Abend sah ich im Spiegel, wie eine Hand ein Küchentuch, in dem Brotkrümel waren, aus dem Fenster ausschüttelte. Deswegen gab es genau unter ihrem Fenster auf der Erde ein paar Vögel, die die Brotkrümel pickten. An einem Frühlingsabend sah ich ihr Gesicht zum ersten Mal im Spiegel. Sie hatte ihren Kopf an den alten, staubigen Tüllvorhang gelehnt und sah aus, als ob sie daran riechen würde. Ich sagte: »Jungfrau, warum hängt an deinen Augenbrauen Angst, wenn du am Fenster stehst?« Ich hatte

einen Pelzmantel, den ich jetzt genau vor ihr in den Spiegel hielt. Damit sah sie aus wie Greta Garbo, die im Pelzmantel ihren Kopf an ein Luxushotelfenster gelehnt hat und an ihre unmögliche Liebe denkt. Dann ging ich zum Balkon. Jetzt sah sie mich auch. An ihrer Stirn und ihrem Mund bildeten sich neue Falten, als ob sie wie der Penner am Weihnachtsabend in der einsamen Königsallee unbekannte Muskeln suchen würde, um ihre Freude auszudrücken. Dann lenkte sie meinen Blick zu den Vögeln, die unten auf der Erde an ihren Brotkrümeln pickten, als ob ich ihr Kind wäre, und sie zeigte mir, wie schön die Vögel zusammen aßen. Wir schauten beide, bis die Vögel wegflogen. Dann lehnte sie ihre Stirn an den Fensterrahmen. Ich ging vom Balkon zurück zum Spiegel, lehnte meine Stirn im Spiegel an ihre Stirn und zitierte von Heinrich Heine:

Einsam wandle ich an dem Strand,
Wo die weißen Wellen brechen,
Und ich hör viel süßes Wort,
Süßes Wort im Wasser sprechen ...

Und die alte Nonne sagte:

Ach, die Nacht ist gar zu lang,
Und mein Herz kann nicht mehr schweigen –
Schöne Nixen, kommt hervor,
Tanzt und singt den Zauberreigen!

Im Spiegel war das Gesicht der alten Nonne jetzt verschwunden. Ich sagte, meine Stirn weiter am Spiegel,

Es treibt dich fort von Ort zu Ort,
Du weißt nicht mal warum;

Im Winde klingt ein sanftes Wort,
Schaust dich verwundert um.

An manchen Sonntagen sah ich im Spiegel eine junge Nonne von hinten. Sie wusch im Hof das Auto des Pfarrers. Ich rief meine Mutter an.
»Mutter, sie wäscht gerade das Auto des Pfarrers, und ich brate Hähnchen.«
Ich kitzelte im Spiegel den Rücken der jungen Nonne, damit sie unten im Hof plötzlich anfing zu lachen. »Mutter, ich kitzele sie gerade.«
Meine Mutter sagte: »Und ich habe gerade die Sonne in meinem linken Auge.« Aus dem Hörer hörte ich die Stimmen der spielenden Kinder in der Steilen Gasse in Istanbul. Die Hupen der Schiffe mischten sich mit den Stimmen der Kinder, und ein Straßenverkäufer schrie »Wassermelonen!«.
»Mutter, soll ich dir ein deutsches Lied singen?«
»Ja, sing, sing.«

Hallo, jetzt fahren wir nach Birma hinüber
Whisky haben wir ja noch genügend dabei
Und Zigarren nehmen wir Henry Clay
Und die Mädels sind wir ja auch schon über.
Na, da sind wir eben jetzt so frei.
Denn andere Zigarren, die rauchen wir nicht
Und weiter wie Birma reicht dem Kasten der Rauch
  nicht
Und einen lieben Gott, den brauchen wir nicht
Und einen Anstand, den brauchen wir auch nicht.
Na also, good bye!

Meine Mutter lachte und sagte singend good bye!

Ich war glücklich im Spiegel, weil ich so an mehreren Orten zur gleichen Zeit war. Meine Mutter und sechs Nonnen und ein Pfarrer, alle wohnten wir zusammen. Der Herr Pfarrer wohnte genau gegenüber dem Küchenspiegel. Auch er stand wie die alte Nonne an einem Frühlingsabend am Fenster und atmete, als ob er staunen würde, daß er noch lebte. Beim Telefonieren mit meiner Mutter nahm ich meine Haare und machte ihm im Spiegel einen Schnurrbart; dann nahm ich meine Zigarette aus dem Mund und steckte sie ihm im Spiegel in den Mund. Ein wie auf einem Foto unbeweglich dastehender kleiner Pfarrer rauchte eine echte, große Zigarette, und ich gab ihm im Spiegel einen Kuß. Der Pfarrer im Spiegel war verschwunden. Aber mein Mund mit Lippenstift blieb im Spiegel.
Als meine Mutter starb und ich das in den Spiegel schauend am Telefon erfuhr, sah ich diesen Lippenabdruck im Spiegel. Eine Motte flog und setzte sich darauf. Nach dem Tod meiner Mutter und meines Vaters habe ich in diesem Spiegel entdeckt, daß meine Mutter ein Waisenkind war. Ich wußte, daß sie keine Mutter gehabt hatte, aber als ich durch ihren Tod sehr traurig wurde und nicht mehr leben wollte, aber doch lebte, sprach ich manchmal mit ihrer Stimme zu mir. Und diese Stimme war die Stimme einer Stiefmutter. Weil sie keine richtige Mutter, sondern nur eine Stiefmutter gehabt hatte, hatte sie die Art, Mutter zu sein, von dieser Stiefmutter gelernt. Und jetzt war da die mit einer Waisenkindtraurigkeit gemischte, unruhige Stiefmutterstimme.
»Iß etwas, sage ich dir, verstehst du, iß!« »Genug, verstehst du, genug habe ich von dir, du ißt jetzt etwas!« »Setz dich an den Schreibtisch, setz dich, sage ich dir!« So war also ihre Kindheit gewesen. Ich mußte in ein fremdes Land kommen, um in einem Spiegel ihre Kind-

heit als Waise zu entdecken. Wenn ich Mitleid mit mir hatte, sprach ich mit der Stimme der Mutter meines Vaters zu mir.
»Komm, iß, meine Rose, ich gebe dir mein Leben, meine Niere, mein Augenlicht, iß mein Kind, ich nehme auf meinen Rücken alle deine Sünden, iß etwas, mein Kind.«
Um meine Mutter nicht mehr mit einer Stiefmutterstimme mit mir sprechen zu lassen, rief ich eine ihrer Freundinnen in Istanbul an. Ich sagte: »Ich habe so viele Schmerzen wegen ihres Todes, bitte hilf mir, daß sie sich mir einmal im Traum zeigt und mir sagt, was sie über mich denkt.«
Die alte Frau sagte: »Es gibt hier eine heilige tote Frau. An einem Freitag sollen ein paar Frauen für ihre Seele Milchkaffee trinken und sie darum bitten, daß deine Mutter sich dir zeigt.« Ich träumte in dieser Freitagnacht von meiner Mutter. Ich stand in einem Zugkorridor, und neben diesem Zug fuhr ein anderer Zug in die Gegenrichtung. Meine Mutter stand auf diesem Zug, mit vielen Zeitungen im Arm. Als beide Züge ganz nah aneinander vorbeifuhren, sagte meine Mutter zu mir: »Wenn du wüßtest, wie ich dich liebe.« Ich hörte nicht ihre Stimme, aber las hinter dem Zugfenster an ihren Lippen diese Worte. Seit diesem Traum sprach ich im Spiegel stumm mit mir, nur mit Lippenbewegungen.
»Wenn du wüßtest, wie ich dich liebe. Iß etwas, sonst wirst du krank!«
Während ich mich, um die Stimme meiner Mutter zu normalisieren, mit Träumen beschäftigt hatte, hatte ich den Hof im Spiegel etwas vernachlässigt. Als ich wieder mit der süßen Stimme meiner Mutter zu mir sprach, merkte ich, daß das Gesicht der afrikanischen Frau, die immer am Fenster Brot gebacken hatte, nicht mehr im

Spiegel erschien. Als ich eines Morgens im Spiegel die Nonne, die dem Pfarrer immer sein Auto wusch und deren Rücken ich im Spiegel gekitzelt hatte, in Richtung Straße gehen sah, lief ich barfuß die Treppen runter und fragte sie vor dem Haus: »Wissen Sie, ich hatte mich an die vier Kinder gewöhnt. Wohin ist diese Familie gegangen?«
»Sie sind nach Afrika zurückgekehrt, der Mann war Arzt.«
Die Nonne hatte eine Haut wie ungeliebtes Leder. Ich konnte dieses Leder nicht streicheln. Um ihr zu gefallen, sagte ich: »Jetzt kann er dort den Armen helfen.«
Am Nachmittag klingelte die Nonne an der Tür und gab mir religiöse Hefte zum Lesen. Ich wußte, daß ich sie nicht lesen würde, deswegen gab ich ihr fünf Mark.
Karl sagte mir am Telefon: »Du hast ihr Geld gegeben, jetzt wird sie wie die Zeugen Jehovas wiederkommen.«
Ich hatte einmal den Zeugen Jehovas die Tür aufgemacht und eine Mark gegeben. Als sie wiederkamen, sagte ich:
»Ich nix Deutsch.«
»Indisch?«
»Nix.«
»Türkisch?«
»Hm, hm.«
Sie holten aus ihrer Tasche eine kleine Bibel der Zeugen Jehovas auf türkisch. Als sie noch mal kamen, sagte ich zu ihnen: »Die, die Ihnen immer die Tür aufgemacht hat, war meine Zwillingsschwester. Sie ist für immer in die Türkei zurückgekehrt. Ich selbst glaube nicht mal an meinen Allah. Wie soll ich da an euren Gott glauben.«
Die Zeugen Jehovas waren lachend hochgekommen. Danach gingen sie die Treppen herunter, als ob sie ihre Gebisse rausgenommen hätten.

Die Nonne kam aber nicht wieder. Sie war nur einmal aus dem Spiegel ausgestiegen und hatte bei mir geklingelt. Dann war sie wieder in das Foto des Hofes eingestiegen.
Im Sommer hörte ich auch, wie viele Teller die Nonnen aus dem Schrank rausholten. Ich zählte sechs und stellte auch meinen Teller auf den Tisch, ich sagte: »Sieben.« Sie aßen aber nicht viel. Die Geräusche der Messer und Gabeln, die sich auf den Tellern bewegten, dauerten nicht lange. Ich aß länger. Die jüngste Nonne trank ein Glas Rotwein, ich stieß im Spiegel mit ihr an und hörte ihr frisches Lachen aus dem Fenster. Ich war immer glücklich, wenn sie lachte, und wollte dann immer rausgehen und anderen Menschen meine Liebe geben. Ich ging dann um die Ecke in einen kleinen Supermarkt.
Dort saß an der Kasse eine Frau, die zu wenig Haare hatte. Wenn sie die Preise eintippte, sah ich von oben auf ihre Halbglatze. Sie sagte mir öfter, sie hätte Schulterschmerzen vom Preisetippen.
»Ruth, soll ich Ihnen Ihre Schulter massieren? Wie geht es Ihrer Schulter heute?« Heute schaute sie mir nicht in die Augen. Ihre Augen sahen aus wie die Augen eines Huhns, das ich im Fernsehen gesehen hatte. Diese Hühner lebten von Geburt an bis zu ihrem Tod in sehr engen Käfigen mit anderen Hühnern, und beim Abtransport zum Hühnerschlachthof pickten sie sich gegenseitig an den Köpfen. Manche Hühner lagen schon tot auf dem Boden des Käfigs. Und da hatte ich dieses Huhn gesehen. Es hatte so müde Augen, so müde wie die einer weisen Großmutter, die einen Krieg verhindern will, aber deren Worte keinen Wert mehr hatten. So sahen jetzt die Augen der Kassiererin im kleinen Supermarkt aus.
»Ruth, haben Sie Kummer?«
»Mein Bruder stirbt im Krankenhaus, Krebs.«

»Mutter, der Bruder der Kassiererin stirbt im Krankenhaus.«
»Ja, meine Tochter, die Menschen sterben eben.«
»Er heißt Werner.«
Auch Werner wohnte dann mit allen anderen Toten im Spiegel.
Der Besitzer des schönen alten Hauses, in dem ich wohnte, ist auch eines Tages gestorben. Er wollte alles selber reparieren. Er war immer in allen drei Spiegeln zu sehen, weil er links, rechts, vor allen Wänden, auf einer Leiter stand und Schlüssel von allen Wohnungen hatte. Manchmal wachte ich auf, und Herr Kürten stand in der Toilette auf dem Klosettdeckel. Oft ging das, was er in die Hand nahm, kaputt. Wenn er an den Zimmerwänden etwas reparierte, hielt ich ihm die Leiter fest.
»Herr Kürten, ich habe Angst, daß sie runterfallen könnten.«
»Das macht nichts, ich bin Apotheker.«
Er hatte einen Handwerker, ein sehr dünner Mann.
»Willy, warum essen Sie nicht?«
»Ich bin magenkrank vom Wändestreichen, und der Kürten bezahlt mich mit Medikamenten. Die helfen nicht, ich habe schon zu viele Wände gestrichen.«
Er strich den Balkon, der zum Hof schaute, in Gelb und sagte: »Ich streiche in Gelb, das gibt Sonneneffekt. Ich fahr bald in die Türkei.« Willy hatte eine türkische Freundin. Er sagte: »Ich kenne in Izmir einen Zahnarzt. Er wird alle meine Zähne für 350 Mark reparieren.«
Als Willy mit neuen Zähnen zurückkam, war Herr Kürten schon gestorben. Sein Sohn arbeitete genauso wie sein Vater und fiel noch öfter von der Leiter. Willy sagte zu mir: »Der Sohn bezahlt mich mit Radio, er hat mir sein altes Radio gegeben, ich darf den ganzen Tag bei der Arbeit Musik hören.«

Es war ein schöner Tag: Willy hörte Musik, der Hausbesitzer fiel von der Leiter, die junge Nonne lachte hinter den Vorhängen, die alte Nonne schüttelte das Küchenhandtuch mit Brotkrümeln aus dem Fenster, die Vögel pickten das Brot, eine Katze lief im Hof, und ein neuer Mieter zog im Hof in die Parterrewohnung, die nur aus einem großen Zimmer bestand, ein älterer Herr mit dicken Tränensäcken unter den Augen. Ich sah ihn in der Nacht in den drei Spiegeln unter einem schwachen Glühbirnenlicht hin und her laufen. Seine Schatten spazierten in allen drei Spiegeln hin und her, hin und her. Wenn ich schlief, sah ich vom Bett aus im Spiegel weiter das Licht und seine Schatten. Vielleicht ist es ihm kalt dort. Ich fragte ihn nach ein paar Tagen: »Wollen Sie eine Matratze und ein paar Decken?« Er hörte mir zu, lief aber weiter hin und her und sagte: »So weit bin ich noch nicht heruntergekommen.«
Ich schämte mich, kochte Lamm mit Bohnen, lud ihn zum Essen ein. Er hieß Hartmut. Hartmut lief auch bei mir zwischen den Räumen hin und her, und plötzlich rollte er seine Hosenbeine hoch und zeigte mir seine Wunden an seinen Knien und Beinen. Dann rollte er sein Hemd hoch, zeigte die Wunden am Rücken. Er sagte: »Ich habe eine Rolladenfirma gehabt, aber meine Angestellten haben mich beim Rolladenaufhängen in Wiesbaden im Stich gelassen. Ich fiel aus dem zweiten Stock runter, ich habe Raucherbeine.« Er stammte aus einer adligen Familie und zitierte mir beim Hinundherlaufen Baudelaire, »Le Balcon«:

Mère des souvenirs, maîtresse des maîtresses,
O toi, tous mes plaisirs! ô toi, tous mes devoirs!

Dann aß er im Stehen, sagte: »Hm, hm, gut gewürzt.« Dann zitierte er weiter:

Tu te rappelleras la beauté des caresses,
La douceur du foyer et le charme des soirs.

Beim letzten Satz stand er vor dem Spiegel und schaute mich im Spiegel an. Der alte Mann, den ich seit Tagen durch den Spiegel gesehen und beobachtet hatte, stand plötzlich neben mir und lud mich im Spiegel zum Tanzen ein. Wir tanzten durch alle Räume Tango, und ich sah uns in allen drei Spiegeln kurz erscheinen. Dann setzte er sich an den Flügel und fing an, Chopin zu spielen. Dabei fragte er mich: »Welche Rollen hast du gespielt?«
»Putzfrauen.«
»Was, Putzfrauen? Du mußt Carmen spielen«, und er ging von Chopin sofort zu Carmen über.
Später, als er gegangen war, schaute ich im Dunkeln vom Bett aus in den Spiegel zu seiner Wohnung. Heute nacht machte er das Licht aus.
Am nächsten Tag pfiff er vom Hof hoch zum Balkon und warf mir ein Stofftier hoch. Einen Affen. Dieser Affe pfiff, wenn das Licht an- oder ausging. Jede Nacht, wenn ich das Licht ausmachte, pfiff er pfü-pfüeee... Ich pfiff zurück, pfü-pfüeee... Eines Abends brachte mir Hartmut verfaulte Champignons und Blumenkohl. »Nimm sie, du kannst sie verwerten. Der Hausbesitzer hat mir gekündigt, ich muß ausziehen.«
Die verfaulten Champignons und den Blumenkohl hatte er in eine Zeitung gewickelt. Die Zeitung war naß geworden, und der braune Saft tropfte auf seine Schuhe. Ich hatte gerade eine Tasse Kaffee in der Hand. Hartmut sprach sehr aufgeregt. Seine Spucke spritzte in die Kaffeetasse. Es kam mir vor, als schwämme Hartmut in dieser schwarzen See und ein Strudel zöge ihn herunter. Er ging wieder, ich legte die Zeitung auf den nassen Tisch und rief vor dem Spiegel den Hausbesitzer an. Seine

Mutter sagte: »Ich muß den Hörer an sein Ohr halten, er hat sich beide Arme gebrochen.«
»Herr Kürten, warum muß Hartmut ausziehen?«
»Er hat bis heute keine Miete bezahlt. Er hat auch in einer Nacht in die Blumentöpfe der Nonnen gepinkelt und geschrien ›Les fleurs du mal – Blumen des Bösen‹.«
»Das ist nur ein Satz von Baudelaire, Hartmut liebt Baudelaire.«
Während der Hausbesitzer sprach, roch meine Hand, die den Hörer hielt, nach verfaulten Champignons.
Hartmut mußte weg. Er mietete einen großen Umzugswagen, der dann acht Tage lang im Hof stehenblieb. Er hing seinen Anzug im Hof auf. Auch der Anzug hing dort acht Tage lang und bewegte sich im Wind. Ich sah sein Licht vom Bett aus weiter im Spiegel, aber er lief nicht mehr hin und her. In einer Nacht ging ich leise hinunter und schaute in sein Fenster. Der große Raum war bis zur Decke voll mit alten Zeitungen. Hartmut saß zwischen den gestapelten Zeitungen, manchmal zog er aus dem Stapel eine Zeitung und las lange darin, dann zog er eine andere heraus und las. Nach acht Tagen zog er mit all diesen Zeitungen aus. Als er ging, stand er im Hof unter meinem Balkon und rief:

Les soirs illuminés par l'ardeur du charbon,
Et les soirs au balcon, voilés de vapeurs roses.
Que ton sein m'était doux! que ton cœur m'était bon
   […]

Je croyais respirer le parfum de ton sang.
Que les soleils sont beaux dans les chaudes soirées!

Als er auszog, hatte er vergessen, in der Wohnung das Licht hinter sich auszuschalten. Ich schlief, ich wachte auf, sah sein Licht im Spiegel und sagte:

> Comme tu me plairais, ô nuit! sans ces étoiles
> Dont la lumière parle un langage connu!
> Car je cherche le vide, et le noir, et le nu!

Eines Tages habe ich Hartmut in seiner neuen Wohnung besucht. Ich stieg in einen Bus, der Busfahrer erklärte mir, wo ich in einen anderen Bus umsteigen mußte, aber ich lief in die falsche Richtung. Die Ampel war grün, aber der Busfahrer stieg aus dem Bus, faßte mich am Arm, lachte und sagte: »Mädchen, bist du verliebt? Du sollst doch links gehen.«
Vor der nächsten Bushaltestelle gab es ein chinesisches Restaurant. Der Bus kam, der Fahrer stieg aus und ging ins Chinarestaurant. Als er zurückkam, fragte ich: »Haben Sie chinesisch gegessen?« »Ja, ching, chong, gong. Ich wollte pinkeln, der Kleine wollte mich nicht reinlassen. Ich sagte, in ganz Deutschland ist Pinkeln erlaubt. Da hat er mich reingelassen. Aber es war schön, gut sauber, schöne Spiegel, es hat geklappt.«
Bei der Adresse gab es keinen Hartmut. Jemand sagte mir, Hartmut hätte früher hier gewohnt. Ich kehrte zurück nach Hause. Der Affe pfiff pfü-pfüeee..., und ich pfiff zurück pfü-pfüeee...
Seitdem ich meine tote Mutter nicht mehr anrufen konnte, rief ich in Istanbul einen alten Dichter an, Can.
»Can, Hartmut ist nicht zu finden, die Adresse, die er mir gegeben hatte, war seine alte Adresse.«
Can sagte: »Dann hat der Mann gar keine Wohnung. Er hat sich wahrscheinlich geschämt, deswegen hat er dir seine alte Adresse gegeben.«

Dann dichtete er für mich: »Du trägst die Sonne in deinem Bauch« und gab mir ein Kochrezept: »Die Auberginen im Ofen grillen, die Haut abziehen, die Auberginen in Milch verrühren. Hackfleisch, Tomaten, Pfeffer, Salz zusammen in der Pfanne braten ...«
Wenn Can eines Tages auch tot ist, kann er im Spiegel mit der alten Metzgerin Kochrezepte austauschen, und meine Mutter muß schauen, daß es nicht zu salzig wird. Can erzählte mir, er wäre einmal mit seinen Freunden in Rumänien gewesen. Ein rumänisches Huhn flog durch das Autofenster, legte ein Ei und flog wieder weg. An der ungarischen Grenze fragte der Zollbeamte: »Haben Sie etwas zu verzollen, Waffen, Munition, Tabak, Alkohol ...?« Can war Sozialist, er zeigte dem Zollbeamten das Ei: »I have only this egg, but this is a Rumanian egg.«

Ich ging runter zu den beiden Männern, die die Fernseher reparierten.
»Habt ihr was von Hartmut gehört, er hatte mir seine Adresse gegeben, es war aber seine alte Adresse.«
»Er war sehr heruntergekommen. Er ist weg, aber die Mäuse sind jetzt hier. Heute sind kleine Mäuse zu uns gekommen. Wahrscheinlich sind sie damals mit Hartmut hierhergezogen.«
»Wie kann ich ihn finden?«
»Wir wissen es nicht. Er war ein sehr interessanter Mann, aber er hatte keinen Fernseher, deswegen wissen wir nichts über ihn.«
Ich ging hoch. Im Spiegel sah ich in dem verlassenen Raum von Hartmut das immer noch brennende Licht. Weil der Hausbesitzer sich die Arme gebrochen hatte, kam er nicht vorbei. Ich schlief, ich wachte auf, sah das Licht im Spiegel, machte die Balkontür auf und rief in den Hof:

»Hartmut, wo bist du?«
Dann schaute ich mir im Bett einen Fotoband der Marx Brothers an und schlief bei Licht ein. Plötzlich lief irgend etwas sehr schnell über meinen Busen und meine Beine. Ich sah eine kleine Maus, die jetzt neben meinem Bett über dem offenen Marx-Brothers-Buch, neben dem Foto von Harpo Marx, saß. Eine von Hartmuts Mäusen. Ich faßte sie mit einem Tuch an und brachte sie in die Wohnung von Hartmut. Die Tür stand offen, der Raum war leer, nicht einmal ein Blatt Zeitung lag da. Ich ließ die Maus in den leeren Raum, und sie lief dort hin und her wie Hartmut.
Am nächsten Abend ging ich auf die Straße. Gegenüber vom Haus gab es ein paar Kneipen. Ich fragte einen der Kneipenbesitzer, ob er Hartmut gekannt hätte. Er wusch gerade ein Bierglas. »Nein.« Ich ging in die nächste Kneipe, in der eine Frau mit zwei Freunden an der Theke saß. Sie waren etwas besoffen. »Wo ist der Barbesitzer?« Sie schaute mich an und schrie: »Waaasss!« Ich lief sofort raus, mein Herz zwischen meinen Händen, und draußen in der Nacht schwor ich mir, ab jetzt mit keinem Deutschen mehr zu sprechen. Und in der Wohnung schwor ich mir im Spiegel zum zweiten Mal: »Ich schwöre, ab jetzt werde ich mit keinem Deutschen mehr sprechen.«
Ich rief den Dichter Can in Istanbul an. »Can, ich hab mir geschworen, mit keinem Deutschen mehr zu sprechen.« Can sagte: »Liebling, du gehst jetzt raus und triffst an zehn verschiedenen Orten zehn verschiedene Deutsche. Wenn einer von denen dich schlecht behandelt, sprichst du mit keinem mehr.« Dann gab er mir noch ein Kochrezept.
Am nächsten Morgen ging ich in verschiedene Kaufhäuser, sprach mit Verkäufern, Busfahrern, ... und fand keinen, der mir weh tat.

Als ich nach Hause zurückkam, roch es auf den Treppen nach zwei verschiedenen Männerparfums. Ich hörte auf der Treppe Herrn Volker lachen. Heute abend stieg er die Treppe nicht alleine hoch. Herr Volker kam manchmal, nachdem die alte Nonne ihr Zimmerlicht angemacht hatte. Vielleicht lebte sie noch, und das Buch »Alice im Wunderland« hatte gerade die Wärme ihrer Finger auf den Blättern, oder vielleicht lagen ein paar ihrer Wimpern zwischen den Seiten.
Als ich die Wohnungstür aufschloß, klingelte das Telephon. Can. Er fragte mich: »Hast du jemanden, der dich schlecht behandelt hat, gefunden?«
»Keinen gefunden.«

Can dichtete:

> Ja, so ist das, sagte ich, Herr Richter
> Will Sie gar nicht länger plagen
> Sonst hätte ich noch viel zu sagen,
> viel schlimmer als all das
> Ich weiß ich bin schuldig, meine Strafe nehme ich an
> Weder habe ich geraubt, noch habe ich gemordet
> Jedoch etwas viel Schlimmeres habe ich getan
> Wissen Sie, was, Herr Richter
> Ich liebte einfach die Menschen

»Jetzt sag mir ein deutsches Wort.«
»Sehnsucht: Sucht nach Sehnen, Can, es gibt in keiner Sprache so ein kräftiges Wort. Sucht nach Sehnen. Sehnsucht. Weißt du, Can, meine Großmutter hatte mir in Istanbul gesagt, schau nicht in der Nacht in den Spiegel, sonst wirst du in ein fremdes Land gehen. Damals war ich neun Jahre alt. Jetzt wohne ich nur im Spiegel. Ich spreche mit dir im Spiegel.«

Can sagte: »Grüß die schöne Frau von mir, die du im Spiegel siehst. Was macht das Licht der alten Nonne?«
»Es ist nicht an.«

Die Sterne mehren sich in der Nacht,
 je länger du hinsiehst
Und willst du sie zählen,
 schlüpfen sie dir durch die Finger;
Manche kannst du hören und manche hört man nicht
Sie mehren sich so in der Nacht,
 je länger du hinhörst:
Stimmen, die zu dir kommen, tönend
Oder auf leisen Sohlen.

Während Can mir am Telefon seine Gedichte vorlas, ging im Spiegel das Licht der alten Nonne an. »Can, warte, warte, das Licht ist angegangen.«
Ich legte den Hörer neben das Telefon und ging zum Balkon. Das Licht der alten Nonne war wirklich an. Ich sah ein paar Schatten.
Kurz darauf kamen die beiden Männer, die unten Fernseher reparierten, aus dem Nonnenhaus. Sie trugen einen Fernsehapparat, schauten nach oben zu mir auf den Balkon und nickten gleichzeitig mit dem Kopf.
Ich rannte die Treppen runter. Die beiden Männer sagten, den Fernseher noch in den Armen: »Sie ist tot. Die Nonnen haben uns das Buch ›Alice im Wunderland‹ mitgegeben. Wollen Sie es haben?«
Ich fand im Buch eine Vogelfeder, wahrscheinlich hatte die alte Nonne sie als Lesezeichen benutzt. Die Feder lag auf Seite 103. Ich las darin: »Bitte geh doch etwas schneller!« sprach der Weißfisch zu der Schnecke. »Hinter uns – dreh dich nicht um – krabbelt zwick zwack eine Zecke. Sieh! Die Schildkröte und der Hummer laufen schon

aufs Ufer zu! Und sie warten schon am Strande – sagst du mir das Tänzchen zu? Willst du, magst du, willst du, magst du, sagst du mir das Tänzchen zu? ...«
Die letzten Sätze auf dieser Seite waren: »Wir kommen auf der drübern Seit' ja auch an einem Ufer an! Und je weiter wir hier weg sind, desto näher liegt Peru.«
Ich kehrte in die Wohnung zurück, aus dem Hörer hörte ich Cans Stimme und die Stimmen der Kinder in Istanbul.
»Can, die alte Nonne ist tot – sie hat ›Alice im Wunderland‹ bis Seite 103 gelesen, auf dieser Seite lag eine Vogelfeder.«

Can sagte:

> Auf Sevda Tepesi, dem Berg der Liebe
> Unter dem Tisch gegenüber
> Sah ich zwei Hühner
> Sie wuschen sich mit Erde
> In der Mulde, die sie ausscharrten
> Für die Menschen ist der Tod
> Womöglich nichts anderes, dachte ich
> Als eine Art
> Sich mit Erde zu waschen

> Alles spricht in der Sprache, die ihr eigen ist;
> Und auch wenn die Dunkelheit sie zudeckt
> Setzt sie sich weiter fort, die Farbe, in der Nacht...

Dann sagte Can: »Meine Tage auf dieser Welt sind auch gezählt, komm bald, komm morgen oder übermorgen, ich will dich sehen.«
»Ja, Can.«
In dieser Nacht sangen die Nonnen hinter der Wand,

und ich hielt »Alice im Wunderland« in der Hand. Ich träumte von der alten Nonne. Meine Mutter und mein Vater und meine Großmutter flogen von einem Hügel in einen roten Himmel. Und die alte Nonne stand da in ihrem Nachthemd und schaute zum Himmel. Ich dachte, sie friert, und ich zog ihr meinen Pelzmantel an. Bevor sie flog, nahm sie das Buch »Alice im Wunderland«, und lesend flog sie im Pelzmantel meinen Eltern und meiner Großmutter hinterher. Das Buch fiel aus ihren Händen und flog in den Himmel. Ich schrie: »Alice, Alice, Alice...« Als ich wach wurde, sah ich eine junge Katze neben meinem Bett. Sie war durch die Balkontür hereingekommen und schaute mich stirnrunzelnd an. Ich runzelte die Stirn auch, die Katze sagte mir etwas. Ich sagte zu ihr:

Des Nachbars alte Katze
kam öfters zu Besuch;
wir machten ihr Bückling und Knickse
und Komplimente genug.

Wir haben nach ihrem Befinden
Besorglich und freundlich gefragt;
Wir haben seitdem dasselbe
mancher alten Katze gesagt.

Die Katze ging, nachdem sie Heinrich Heines Gedicht gehört hatte, im Zimmer spazieren. Sie kam wieder zurück, sah sich in dem großen Spiegel in der Ecke und fing an, sich mit der Katze im Spiegel zu beschäftigen. Hinter ihr sah ich im Spiegel einen Schatten in Hartmuts Fenster. Ich ging sofort zum Balkon und sah in der Parterrewohnung, in der Hartmut gewohnt hatte, einen neuen Mieter. Er saß im Profil hinter schönen Jalousien

an einem Tisch und sah aus wie ein Scherenschnitt. Sein Profil war dem des jungen Goethe ähnlich, er hatte sein Haar nach hinten gebunden. Ich ging hinunter zur Fernsehreparatur. »Wer wohnt jetzt dort?«
»Ein neuer Mieter, ein moderner Fotograf. Er erstellt seine Fotos im Computer. Er hat eine Katze mitgebracht.«

Als ich Can in Istanbul anrief, sah ich den neuen Mieter wie Goethes Schatten in den Spiegeln aus drei verschiedenen Perspektiven.
»Can, im Hof gibt es einen neuen Mieter. Er ist Fotograf und hat eine Katze. Er sieht genau wie der junge Goethe aus. Ich glaube, er ist Nichtraucher.«
Can sagte: »Ich rauche gerade eine Zigarette.«

Ich sah im Spiegel ein paar Vögel, die suchten auf der Erde, dort, wo früher immer die alte Nonne ihr Küchentuch ausgeschüttet hatte, Brotkrümel und flogen wieder hoch zum Himmel.
Can fragte: »Wann kommst du?«
»Morgen.«

> Ein Himmel, völlig durchnäßt
> Hatte sich in den Netzen verfangen
> Himmelblau nun alle
> Fischer

Schwarzauge in Deutschland

Mein erstes Theaterstück war »Karagöz in Alamania«, 1982. Das bedeutet in Deutsch: »Schwarzauge in Deutschland«.
Ich habe es geschrieben, weil ich den Brief eines türkischen Gastarbeiters gefunden hatte. Ich habe diesen Gastarbeiter nicht gekannt. Er war für immer in die Türkei, in sein Dorf, zurückgekehrt.
Das Wort »Gastarbeiter«: Ich liebe dieses Wort, ich sehe vor mir immer zwei Personen, eine sitzt da als Gast, und die andere arbeitet.«
Sein Brief war mit einer Schreibmaschine geschrieben. Das zweite, was mir auffiel, war, daß er an keiner Stelle schlecht über Deutschland sprach. Er sagte: »Ein Arbeiter hat keine Heimat, wo die Arbeit ist, da ist die Heimat.« Er schrieb über seine Frau, die es weder in der Türkei noch in Deutschland aushalten konnte. Sie ging immer hin und her, und jedesmal war sie schwanger.
Die Frau hatte ihm in Deutschland einmal erzählt, daß sie mit seinem Onkel im Dorf in der Türkei vom gleichen Baum Kirschen gegessen hatte.
Er war in die Türkei gefahren, 3000 Kilometer weit, ließ seine Frau in Deutschland allein, nur um seine Verwandten zu fragen, wer zuerst unter dem Kirschbaum gestanden hatte. Seine Frau oder sein Onkel? Wer war zum Baum gelaufen, und wer ist zu dem, der da Kirschen aß, gelaufen?
Er fragte im Dorf die Verwandten und Nachbarn. Die Sache wucherte und wucherte.
In Deutschland wurde er von türkischen maoistischen Studenten politisiert. Er verteilte mit ihnen zusammen

vor einer Fabrik Flugblätter gegen die türkischen Faschisten. Die Faschisten kamen, die maoistischen Studenten verschwanden, ließen ihn allein. Die türkischen Faschisten schlugen ihm ins Gesicht, sein halbes Gesicht war gelähmt.
Ich konnte in seinem Brief seine türkische Sprache nicht gut verstehen.
Ich wollte über ihn ein Drama schreiben und ihn nach Deutschland zur Premiere einladen. Ich wollte ihm zeigen, daß sein Leben ein Roman war – so wie er es auch in seinem Brief behauptet hatte.
Deswegen fuhr ich mit dem Zug von Deutschland in die Türkei.
In Österreich stiegen auch Jugoslawen in den Zug, Bauarbeiter. Manche hatten ihre Finger absichtlich mit dem Hammer kaputtgeschlagen, um krank geschrieben zu werden, und fuhren mit bandagierten Händen zu ihren Frauen nach Jugoslawien.
Es saßen Griechen, Türken und Jugoslawen zusammen im gleichen Zug, ihre gemeinsame Sprache war Deutsch.
In Jugoslawien stiegen auch ein paar türkische Väter in den Zug, alte Männer. Sie waren mit leeren Särgen aus der Türkei nach Jugoslawien gekommen, um ihre toten Söhne und Töchter, die mit ihren Autos auf der Fahrt von Deutschland auf der Straße in Jugoslawien bei Autounfällen gestorben waren, in die Türkei zu holen. Die Väter rauchten Zigaretten, standen auf dem Zugkorridor und sprachen leise über den Weg und über ihre toten Kinder. Einer sagte: »Dieser Weg hat uns unsere fünf Seelen weggenommen.«
Die jugoslawischen Männer sangen Sehnsuchts- und Liebeslieder über ihre Frauen, zu denen sie zurückfuhren, und übersetzten diese für uns in ihrem gebroche-

nen Deutsch. Wir weinten und lachten. Tagelang, so eine Fahrt.
Die Toten in den Särgen, wir zu acht im Zugabteil, die gemeinsame Sprache Deutsch. Es entstand fast ein Oratorium, und die Fehler, die wir in der deutschen Sprache machten, waren wir, wir hatten nicht mehr als unsere Fehler.

In meinem Stück »Karagöz in Alamania« ist der Karagöz (Schwarzauge) ein türkischer Bauer. Er macht sich aus seinem Dorf mit seinem sprechenden Esel auf den Weg nach Deutschland und läßt seine Frau im Dorf zurück. Karagöz und der Esel erleben viele Stationen, bevor sie in Deutschland ankommen. Der Esel wird zu einem Intellektuellen, er zitiert Marx und Sokrates, trinkt Wein und raucht Camel-Zigaretten. Die Frau des Karagöz ist immer auf dem Weg zwischen der Türkei und Deutschland, weil sie es nirgendwo aushalten kann. Der Esel redet mit Karagöz' Opel Karavan über den kommenden Krieg. Das Auto wird böse und ruft seinen Besitzer Karagöz. Karagöz schlägt seinen Esel – der Esel kriegt einen Herzinfarkt und geht mit dem jugendlichen Ebenbild des Karagöz fort, das Karagöz nicht mehr kennt.
Karagöz fährt wieder mit seinem Opel Karavan. Eine unaufhörliche Reise.

Ich inszenierte »Karagöz in Alamania« 1986 im Frankfurter Schauspielhaus. Weil meine Figuren im Stück mit ihren Geschichten und Auftritten behaupten, Stars zu sein, suchte ich auch Schauspieler und Laien, die Stars waren. Zum Beispiel fand ich einen älteren türkischen Arbeiter, Nihat, der früher Kebabsalonbesitzer war und ein sehr gutes Gesicht hatte, wie eine Mafia-Figur. Eine

wunderbare griechische Opernsängerin, deutsche, türkische, spanische Film- und Theaterstars. Wunderbare Gesichter – gute Schauspieler. Dazu hatten wir einen echten Esel, ein Schaf und drei Hühner. Das Schaf warf während der Proben auf der Bühne ein schwarzes Lamm.
Am Anfang der Proben war auf der Bühne eine fast heilige Stimmung. Wir machen etwas Besonderes! Zum ersten Mal ein Theaterstück über Türken. Leise Stimmen – Liebesblicke. Langsame Bewegungen. Auch die Tiere waren miteinander befreundet. Esel, Schaf und Lamm schliefen im gleichen Stall nebeneinander. Die Schauspielerin, die auf sie aufpaßte, sagte: »Wie die Tiere sich lieben!«
Das dauerte eine Woche. Nach einer Woche fangen die normalen Schwierigkeiten der Probenarbeit an.
Als die Schauspieler aufeinander böse wurden, fingen nach einer Weile auch die Tiere an. Der Esel trat das Schaf oder zeigte ihm die Zähne, das Schaf biß den Esel, das Lamm schrie zwischen beiden laut määää. Wir trennten die Tiere im Stall voneinander, damit sie sich in der Nacht nicht weiter schlugen.
Der türkische Star wollte dem deutschen Star, der den Türken spielte, zeigen, wie man einen Gastarbeiter spielt. Der deutsche Star sagte zu ihm: »Du Kümmeltürke, lerne zuerst einmal richtig Englisch.« Der türkische Star sagte zu ihm: »Du SS-Mann, you are SS-man.«
Einmal brachte die deutsche Schauspielerin, die auf die Tiere aufpaßte, das Schaf und das Lamm mit zur Probe und rief: »Wer hat hinter der Bühne auf den Kopf des Schafes gespuckt?« Daraufhin sagte der spanische Schauspieler: »Du mit deiner deutschen Tierliebe – und die Menschen sterben in der Welt vor Hunger.«

Die deutsche Schauspielerin gab dem spanischen Schauspieler eine Backpfeife und sagte: »Du eitler Spanier.«
Ein deutscher Star begrüßte mich jeden Morgen mit den Worten: »Guten Morgen, Frau Khomeini.«
Nur Nihat, der ehemalige Kebabsalonbesitzer, lief zwischen den Schauspielern hin und her und rief: »Was ist hier los? Was ist hier los?«
Ein anderer türkischer Star legte eines Morgens einen Brief auf den Regietisch. Er schrieb mir, wenn ich den schwulen deutschen Star weiter mehr lieben würde als ihn, würde er bald in einer türkischen Zeitung seine Gefühle veröffentlichen.
Ich lud ihn zum Essen ein und kochte türkisch für ihn. Er aß, kritisierte mich, »das Salz fehlt« usw., aß aber gerne, trank gezuckerten Kaffee. Dann erzählte er mir, daß sein Vater durch das ständige Gefühl, beleidigt worden zu sein, mit 36 Jahren gestorben wäre. Als der deutsche Star hörte, daß ich für ihn gekocht hatte, wollte er sich mit mir treffen. Er gab mir einen Termin um 23 Uhr in einem Lokal und kam zwei Stunden später. Er lachte und sagte: »Oh, du hast auf mich gewartet.«
Eines Tages trug eine Schauspielerin, die eine Türkin spielte, in der Probe ein Kopftuch. Ich fragte sie, warum. Ein deutscher Schauspieler hatte ihr gesagt, sie sollte zu ihrem Türkischsein stehen. Einmal biß der Esel den türkischen Star in den Nacken. Er hatte den Kopf des Esels unter seinem Arm etwas festgehalten, so, als ob der Esel sein Freund wäre, mit dem er gerade scherzte. Der deutsche Bühnenbildner warf sich über den Esel, damit dieser den Nacken des Stars losließ. Wir brachten ihn ins Krankenhaus, wo er eine Spritze gegen Tollwut bekam.
Ein türkischer Star sagte: »Ein türkischer Esel würde so etwas niemals tun.« (Der Esel war ein Frankfurter Esel.)
Ein deutscher Star: »Ich verstehe mich mit dem Esel gut,

er würde mir so etwas nie antun.« Dann trat ihn der Esel aber auch. Er kam zu mir und sagte: »Entweder ich oder der Esel. Wenn der Esel in diesem Stück spielt, spiele ich nicht mehr.« Ich sagte: »Ich werde mit dem Esel sprechen.«
Während der Proben starb der Vater der griechischen Sängerin, ihre Mutter und ihre Großmutter, einem deutschen Star seine hundertjährige Tante. So kamen wir mit vielen Toten und vom Esel Verletzten zur Premiere.
Ich wollte den Arbeiter, dessen Brief mich dazu gebracht hatte, das Stück zu schreiben, zur Premiere einladen. Er war aber auch gestorben – auf einem Stuhl, in seinem Dorf, vor seinem Laden. Herzinfarkt, 41 Jahre alt.
Der Intendant war ein netter Mann, er liebte die Arbeit. Als eine Schauspielerin sagen mußte:

Ich bleiben zurück –
Mein Mann Alamania
Alaman Frau ficken – bleiben,

sagte er: »Bitte, sagen Sie das Wort nicht, sonst denken alle Deutschen, die türkische Poesie bestände aus solchen Wörtern.«
Daraufhin sagte die Schauspielerin in der Generalprobe: »Mein Mann, Alamania, Alaman Frau fincken – bleiben...«

Vor der Premiere ließ das Theater, ohne mich vorher zu fragen, aus Liebe zu diesem Stück an die Zuschauer ein Flugblatt verteilen, in dem das Theater versuchte, das Stück zu erklären: »Manchmal werden Sie sich im Verlauf des Stückes fragen: Wo ist nun wo? Sind wir in der Türkei, sind wir in Alamania?... Vielleicht haben Sie einige Mühe, sich die Szenen zu gliedern, sie sind nicht logisch geordnet wie in den uns vertrauten Theaterstücken...«

Das ist sechs Jahre her – ich treffe immer noch Schauspieler, die dabei waren, oder sie rufen mich an. Sie erzählen dann über die anderen:
– Sie hat ein Kind, wußtest du das?
– Ich habe ihn in Berlin getroffen.
– Sie singt gerade in der Mailänder Scala.
– Hast du was von ihm gehört?
– Jetzt kommt der Winter. Ob sie wieder ihren langen Mantel anziehen wird?
Sie verfolgen sich wie die Liebenden.

Mein Berlin

1976 kehrte ich nach neun Jahren nach Berlin zurück. In der Türkei war ich nach dem Militärputsch in den Händen der Polizei gelandet. Meine Freunde Theo und Kati in Berlin hatten Amnesty International eingeschaltet, um mich nach Berlin zu holen. Sie wohnten in Steglitz in einer Villa in der ersten Etage. Unter ihnen wohnte Katis Mutter. Kati sagte: »Du kannst eine Woche in ihrer Wohnung bleiben. Sie macht gerade eine Kur.« Die Wohnung war kalt, es gab keine Zentralheizung, nur einen Kachelofen. »Meine Mutter hat keine richtige Heizung bauen lassen«, sagte Kati, »sie denkt: die Russen werden sowieso kommen, warum soll ich für die Russen eine Heizung bauen lassen.« Kati und Theo waren Jungsozialisten.
Zwischen 1965 und 1967 hatte ich schon einmal in Berlin gelebt und war mit zwei Schallplatten nach Istanbul zurückgekehrt: Lotte Lenya/Ernst Busch: Brechts Lieder. In Istanbul hatte ich dann die Schauspielschule besucht und mir jahrelang immer wieder diese Lieder angehört. Meine Großmutter hörte mit und fragte: »Was singen sie?« Ich übersetzte: »Und der Haifisch/der hat Zähne/und die trägt er im Gesicht...« – »Ich hoffe, daß der Haifisch nicht ins Paradies kommt«, sagte sie. Sie selbst erwartete nämlich, ins Paradies zu kommen, weil acht ihrer Kinder gestorben waren. »Am Jüngsten Tag werde ich auf der Brücke zwischen dem Paradies und der Hölle stehen. Diese Brücke ist so dünn wie ein Haar, scharf wie ein Säbel. Wenn die Sünden zu groß waren, zerschneidet die Brücke den Sünder, und er wird in die Hölle hinunterfallen. Weil aber meine acht Söhne und Töchter schon als Kinder gestorben sind, hatten sie noch

nicht gesündigt und sind nun Engel. Sie werden herangeflogen kommen, mich von der Brücke auf ihren Rücken nehmen und ins Paradies bringen.«
Als ich dieses Mal losfuhr, sagte Großmutter zu mir: »Du wirst in ein paar Tagen wieder zurückkommen, nicht wahr? Wenn ich schmutzig bin, wirst du mich wieder waschen, nicht wahr?«
»Großmutter, weine nicht, weine nicht!«
»Schau, ich weine nicht, aber komm bitte nach zwei Tagen wieder zurück!«
Als meine Großmutter wieder gewaschen werden mußte, saß ich im Zug nach Berlin. Hinter mir hatte ich viele getötete Freunde zurückgelassen. Für einen jungen Mann, der aufgehängt worden war, gab es keinen Abend mehr, keine Katze, keine Zigarette.
Am Bahnhof Zoo begrüßte ich alle Busse, die vorbeifuhren. Ich war in Freiheit und freute mich über den Regen. Ich dachte: Berlin hat neun Jahre auf mich gewartet. Es war, als wäre Berlin damals, als ich nach Istanbul zurückgegangen war, zu einem Foto erstarrt, um auf mich zu warten – mit den langen, hohen Bäumen, mit der Gedächtniskirche, mit den zweistöckigen Bussen, mit den Eckkneipen. Berliner Kindl, die Kreuze auf den Bierdeckeln. Mauern. Checkpoint Charlie. U-Bahn. S-Bahn. Kino Steinplatz. Abschied von gestern. Alexander Kluge. Bockwurst. Das Brecht-Theater Berliner Ensemble. Arturo Ui. Kanäle. Pfaueninsel. Bahnhofspenner. Erbsensuppe. Einsame Frauen im Café Kranzler. Schwarzwälder Kirschtorte. Arbeiter aus anderen Ländern. Spaghetti. Griechen. Kümmeltürken. Café Käse. Telefon Tanz. Einschußlöcher an den Hauswänden. Kopfsteinpflaster. Currywurst. Am Wannsee auf die Sonne wartende weiße Körper. Polizeihunde. Scheinwerfer der Ost-Berliner Polizei. Tote Bahnschienen, zwischen denen

Gras wuchs. Hausschilder: »Das Spielen der Kinder im Interesse aller Mieter untersagt«. In Ost-Berlin zurückgebliebene Bahnhöfe, an denen die West-Berliner U-Bahn vorbeifährt, ohne anzuhalten. Ein einsamer Ostpolizist am Bahngleis. Solinka Suppe. Stuyvesand. Rothhändle. Schilder: »Achtung Sie verlassen den Amerikanischen Sektor«. Jüdischer Friedhof in Ost-Berlin. Enten am Wannsee. Ein Lokal mit Musik aus den 40er Jahren, alte Frauen tanzen mit Frauen. Broiler.
Ich hatte in Istanbul eine türkische Opernsängerin gekannt, sie hatte Berlin sehr geliebt. Als junge Frau hatte sie in Berlin Gesang studiert, »Tristan und Isolde« sang sie besonders gern. Als sie in Berlin schwanger geworden war und eine schwere Geburt hatte, hatte der Berliner Arzt zu ihr gesagt: »Versuchen Sie es mit der Arie der Isolde.« So kam ihre Tochter, die später meine beste Freundin wurde, auf die Welt. Auch sie war Schauspielerin, wir spielten in Istanbul am selben Theater. In ihrem Ausweis stand: Geburtsort Berlin. Während der Militärdiktatur hatte ich mir oft ihren Ausweis angeschaut: »Geburtsort Berlin«.
Vom Bahnhof Zoo rief ich den Brecht-Schauspieler und Sänger Ernst Busch in Ost-Berlin an. »Sind Sie wirklich Ernst Busch? Ich habe neun Jahre lang täglich Ihre Stimme gehört. Darf ich Sie sehen?« – »Kommen Sie, machen Sie einfach mit meiner Frau einen Zeitpunkt ab.« Ich war glücklich und dachte, ich fliege.
Später arbeitete ich an der Volksbühne am Rosa-Luxemburg-Platz als Assistentin von Benno Besson. So lebte ich tagsüber in Ost-Berlin am Theater, und in der Nacht kehrte ich nach West-Berlin zu Kati und Theo zurück. Jedesmal, wenn ich aus der U-Bahn herauskam, staunte ich: »Ah, hier im Westen hat es auch geschneit. Ah, hier hat es auch geregnet.«

In einer Nacht, in der ich vom Osten zu spät in die Villa von Kati und Theo zurückgekommen war, konnte ich zwar die Haustür aufschließen, nicht aber die Wohnungstür. So schlief ich im Treppenhaus. Am nächsten Morgen stolperte Theo über mich: »Kati, du hast wieder die Tür abgeschlossen, Sevgi konnte nicht rein!« – »Entschuldige«, sagte Kati. »Ich stehe manchmal im Schlaf auf und schließe die Tür zweimal ab. Ich weiß nicht, warum, aber ich glaube, auch ich habe manchmal Angst vor den Russen, wie meine Mutter.«
Später bekam ich dann ein einmaliges Visum von den DDR-Behörden für drei Monate. So brauchte ich nicht jeden Tag Geld zu wechseln, durfte aber dafür drei Monate lang nicht nach West-Berlin zurück, sonst wäre das Visum verfallen.
Bevor ich nach Ost-Berlin zog, lief ich noch einmal durch West-Berlin und las die Sprüche an den Hauswänden und an der Mauer: Warum seid ihr so verzweifelt ... Alles Vergessene schreit im Traum um Hilfe ... Gott ist tot, die Henker nicht ... Wir brauchen kein Tränengas, wir haben genug Grund zum Heulen ... DDR: Deutscher DReck ... Attention! You are entering the Axel Springer sector ... Alle Roten in die Gaskammer ... Wird Zeit, daß wir leben – Geh erst mal arbeiten ... USA-Army go home ... Schade, daß Beton nicht brennt ... Deutschland verrecke ... Leute hört auf zu dösen – Lieber den Staat auflösen ... Tod dem Mittelmäßigen ... Frauen schlagt zurück ... Ohne Abriß kein Krawall ... ICK liebe dir ... Bulle sein, ach wie fein ... Feuer + Flamme für diesen Staat ... Lernt Frieden ... Deutschland halt's Maul ...
Dem Volkspolizisten an der Grenze sagte ich: »Ich habe für drei Monate ein Visum für Ost-Berlin.« – »Für die Hauptstadt der DDR«, sagte er.

Ich wohnte bei einer Schauspielerin, die jeden Morgen in ihrer Küche Spanisch lernte und nicht wußte, ob sie überhaupt jemals Spanien sehen würde. Sie rechnete sich aus, daß sie in 40 Jahren als Rentnerin dorthin fahren würde. Ich sagte zu ihr: »Auch Karl May ist in seinem Zimmer auf die Reise gegangen.« Jedesmal freute ich mich über den Namen der Haltestelle an der Volksbühne: »Rosa-Luxemburg-Platz«. Ich freute mich auch über die U-Bahn-Haltestelle »Marx-Engels-Platz«. Wegen der Bücher von Marx, Engels und Luxemburg hatte man in der Türkei Menschen verhaftet. Ich freute mich auch, daß eine Gurke in jedem Laden gleich viel kostete: 40 Groschen. Im Gegensatz zu West-Berlin gab es an den Hauswänden oder an der Mauer keine Sprüche. Über manchen alten Läden konnte man verwischte alte Beschriftungen erkennen:
Brennholz – Kartoffelschalen. Feine Kuchenwaren. Bubikopf schneiden, ondulieren. Sauerkohl. Särge in allen Preislagen. Reparaturen werden fachmännisch ausgeführt.
Heiner Müller, der an der Volksbühne als Dramaturg arbeitete, sagte: »Das Wort hat im Osten eine viel größere Wirkung als im Westen.« Er übersetzte für Besson Hamlet. Bei dem Satz: »Es ist etwas faul im Staate Dänemark« fingen die Ost-Berliner Zuschauer in der Premiere an zu lachen. Aber nachdem einige »psst« gezischt hatten, wurde es still. Heiner sagte: »Sie wissen, daß das Stück verboten wird, wenn sie zuviel lachen. Deshalb lachen sie nicht, sie verständigen sich über das Nicht-Lachen.«
Manchmal, am Samstag oder Sonntag ging ich zum Bahnhof Friedrichstraße. Dort hielten die Züge, in denen Westdeutsche saßen, und fuhren dann weiter

nach West-Berlin. Hier bekam sogar ich eine große Sehnsucht nach dem Westen. Ich rief Kati an. »Schneit es bei euch auch?« Wenn die Züge abgefahren waren, gingen die Leute wieder in die Bahnhofskneipe, kamen aber sofort wieder hoch, wenn der nächste Zug kam, der in den Westen fuhr und dessen Türen geschlossen bleiben mußten. Unten im Bahnhof gab es einen Zigarettenkiosk. Eine Zigarillosorte hieß »Sprachlos«.
In der Theaterkantine erzählte ein Schauspieler Geschichten über das Abhauen. Einmal hatte ein Mann versucht, als Schwan in den Westen zu fliehen. Er baute sich einen Schwanenkopf, setzte ihn auf und schwamm durch die Spree. Die echten Schwäne kamen zu ihm, pickten an seinem künstlichen Schwanenkopf und schwammen mit ihm in den Westen.
Vom Bahnhof ging ich zum Friedhof an der Chausseestraße. Dort lagen manche Grabsteine wie riesige Bücher auf der Erde. Ich ging immer zum Grabstein von Bertolt Brecht. Er hatte selbst für seinen Grabstein Festlegungen getroffen. Es sollte ein einfacher Stein sein, »an den jeder Hund pinkeln möchte«.
Über seinem Grab waren die gleichen Blumen gewachsen, die auch meine Großmutter in der Türkei immer anpflanzte. KÜPELI (mit Ohrringen). Auf dem Grabstein stand: »Er hat Vorschläge gemacht, und sie wurden angenommen«. In der Nähe von Brecht lag das Grab von Heinrich Mann, auf dem ich öfter eine Ost-Berliner Katze sitzen sah. Am Abend habe ich geträumt. Ich befand mich in einem großen schrägen Raum. Brecht lag in einem Bett. Ich sagte zu seiner Frau, Helene Weigel: »Ich will mit ihm reden.« – »Er ist aber tot.« – »Nein, er ist nicht tot, er schläft nur. Bitte, geben Sie mir etwas von ihm. Seine Krawatte oder seinen Kopfkissenbezug.« Weigel gab mir Brechts Kopfkissenbezug.

Dann befand ich mich plötzlich auf den Treppen eines fahrenden Schiffes.
Hinter mir standen Faschisten aus der Türkei.

Dann lag dort Hegel, sein Grabstein war aus rotem Granit. Einmal traf ich einen acht- oder neunjährigen Jungen an dessen Grab. Es sagte zu mir: »Georg Wilhelm Friedrich Hegel wollte neben Johann Gottlieb Fichte begraben werden. Fichte starb an Thyphus, Hegel an Cholera.« Von Hegels Grab lief ich zu Brecht, der Junge kam mit, und ich sang leise: »... und der Haifisch, der hat Zähne ...« Dann sagte ich zu ihm: »Meine Großmutter hatte Angst, daß der Haifisch ins Paradies kommt.« – »Woher kommen Sie?« – »Aus der Türkei.« – »Wo ist die Türkei?« – »In der Nähe von Bulgarien.«
Wir saßen eine Weile am Grab von Brecht. Dann wollte der Junge mich zu meiner Wohnung begleiten. Als wir vor dem Haus standen, sagte er zu mir:
»Mein Vater hat einen Atlas. Wenn ich zu Hause bin, soll er mir zeigen, wo die Türkei liegt.« – »Vielleicht sehen wir uns wieder.« – »Ja, ich komme am Samstag um 14 Uhr zum Friedhof.« – »Bis Samstag.«

Ulis Weinen

Im Jahre 1977 lebte ich in beiden Berlin. Ich arbeitete an der Ostberliner Volksbühne mit den Regisseuren Benno Besson und Matthias Langhoff, wohnte in Ostberlin und fuhr manchmal herüber nach Westberlin. An der Friedrichstraße stieg ich in die S-Bahn und kam im Westberliner Wedding-Gesundbrunnen an. Auf der Straße staunte ich jedesmal und sagte: »Aaa, hier regnet es auch, wie in Ostberlin.« »Aaa, hier schneit es auch.« Wenn ich vom Osten aus mit meinen Freunden im Westen telefonierte, fragte ich:
»Klaus, habt ihr heute auch Sonne im Wedding?«
Als die Mauer gefallen war und ich, wie viele Menschen aus dem Osten, über den Ku'damm ging, traf ich in einem Bus eine Frau aus Ostberlin. Sie schaute aus dem Fenster zum Westberliner Himmel hinauf und sagte zu sich selbst laut: »Und diese wunderschöne Sonne hier.«
In den ersten Tagen nach der Maueröffnung liebte ich Berlin: In den Zügen – ich fuhr sehr viel mit dem Zug – fingen die Menschen aus dem Westen zum ersten Mal an, laut miteinander zu reden. Es entstanden Gespräche wie bei Auftritten im Theater: Ein Mann rief zum Kellner im Zugrestaurant: »Einen Kaffee bitte, ich bin frauenfeindlich, wie Oscar Wilde.«
Ganz Deutschland war plötzlich wie eine Bühne, zwar wußte man nicht, welches Stück gespielt wurde, aber jeder wollte darin eine Rolle haben. In Westberlin sah man viele Menschen aus dem Osten auf dem Ku'damm, ihre Kleidung paßte nicht zu Westberlin, ihre Kostüme sahen in dem schicken Westberliner Bühnenbild so verbraucht aus. Die Menschen aus dem Osten sahen aus

wie Schauspieler aus einem Maxim-Gorki-Stück, die plötzlich ihre Bühne verloren hatten und auf einer anderen Bühne, in der ein ganz anderes Stück gespielt wurde, gelandet waren.
Am Ku'damm hörte ich zwei Franzosen miteinander sprechen: »Pourquoi il y a beaucoup de clochards aujourd'hui dans la rue?«
Der Rhythmus der Stadt hatte sich verlangsamt, Kapitalismus als Zoo, KDW in der Hauptrolle. Am Eingang des Kaufhauses Wertheim stank es nach Fürzen. Die Leute aus dem Osten hatten fremde Lebensmittel gegessen und getrunken, McDonald's, Döner Kebab, Coca Cola. In der Türkei sagt man: Der Nachbar glaubt, das Huhn seines Nachbarn sei eine Gans und die Ehefrau des Nachbarn sei noch Jungfrau. Ich stand an einer Bushaltestelle, vier ostdeutsche Männer kamen mir entgegen, und einer sagte ganz leise zu seinen Freunden: »Hier gibt es auch sehr schöne Frauen.«
An der Bushaltestelle standen ein paar Trabants im Halteverbot. Eine Frau sagte: »Guck mal, die haben sogar ihren Trabant an der Bushaltestelle geparkt. Weißt du warum? Weil sie denken, daß das Freiheit ist.« Dann zitierte sie Marx. Also keine Westberliner, Ostberliner.
Am Ku'damm, in der Nähe des KDW, fuhren überhaupt keine Autos mehr. Alles war voller Menschen aus dem Osten. Die Müllkörbe auf den Straßen, die früher von den Westberliner Pennern durchsucht worden waren, waren jetzt voll mit Bananenschalen. Ein Westberliner Ku'dammpenner, der wie ein Intellektueller aussah, lief zu einem dieser Müllkörbe, sah die Massen von Bananenschalen und machte eine große Stummfilmgeste der Verachtung. Er legte eine Bananenschale unter seinen Schuh und tat so, als rutschte er darauf aus wie Charlie Chaplin.

Ich ging zu einem Kebabladen, in dem Menschen aus dem Osten zum ersten Mal türkischen Kebab aßen, es war voll wie bei McDonald's, nur ein einziger freier Stuhl. Ich fragte: »Darf ich mich zu Ihnen setzen?« Die Frau erhob sich zweimal von ihrem Stuhl: »Bitte sehr, bitte sehr«, und wollte mir auch gleich ihren Stuhl anbieten, als ob alle Stühle mein Eigentum wären.
Dann stieg ich in einen Bus und fuhr den Ku'damm hoch, ich trug einen Pelzmantel. Eine dicke ostdeutsche Frau setzte sich neben mich auf meinen Pelzmantel. Sie stand sofort wieder auf und rief: »Entschuldigung, daß ich mich auf Ihren Nerz gesetzt habe.« »Es ist kein Nerz«, antwortete ich. »Gott sei Dank, wär ja schade um den Nerz«, sagte sie.
Ein Penner stieg mit einer brennenden Zigarette in den Bus. Der Busfahrer sagte zu ihm: »Wenn Sie mir Ihren DDR-Paß zeigen, brauchen Sie nicht zahlen.« Der Penner kaufte ein Ticket und schrie in den Bus: »DDR-Bürger? Seh ich vielleicht so aus?«
Ich fuhr zu meiner Wohnung in Dahlem. In der Villa nebenan wohnten reiche Verrückte mit ihren Krankenschwestern. Einer weinte laut, und ich fragte die Krankenschwester: »Warum weint Uli?« Sie sagte: »Ach Sevgi, er glaubt, daß er raus muß, weil Honecker bald hier einzieht.«
Ich wohnte in einer Villa im Parterre, in einem verglasten Atelier. Der Gärtner, bei den Nachbarn als alter Nazi verschrieen, sagte mir: »Ab jetzt Vorhänge zu, die kommen alle rüber, Frau tot.« Er fuhr mit seiner Hand wie mit einem Messer an seinem Hals entlang, als könnte man mir jetzt den Hals aufschlitzen.

Mein Istanbul

Einmal besuchte mich ein türkischer Philosoph aus Istanbul in Berlin. Er war nur für ein paar Tage dort. Er schaute sich die Straße an und sagte leise: »Ich glaube, ich könnte hier nicht leben.«

Nicht die Sommerflugzeuge, aber die Winterflugzeuge brachten viele Menschen, die weinten, von Europa nach Istanbul, weil ihnen in der Türkei Vater oder Mutter gestorben waren. Ich saß vor drei Jahren in einem Winterflugzeug. Plötzlich stand vorne eine Frau von ihrem Platz auf, warf sich auf den Flugzeugboden und fing an zu schreien. Alle Leute erhoben sich.
»Was ist los?«
Zwei Kinder dieser Frau waren in Istanbul bei einem Autounfall gestorben, und sie mußte zur Beerdigung. Die Stewardessen setzten sie wieder auf ihren Platz, hielten ihre Hand. Die Frau schrie: »Öffnet die Tür. Werft mich raus. Ich will sie im Himmel suchen.« Sie schaute ständig aus dem Fenster, als könnte sie ihre Toten im Himmel sehen.
»Macht die Tür auf.«
Dann blickte sie die anderen Passagiere hinter sich an, als sollten sie alle mit ihr in den Himmel laufen, um ihre Toten zu suchen. Das Flugzeug sollte sich wie ein Auto nach links, nach rechts, nach hinten, nach vorne bewegen und die Toten suchen. Das Flugzeug aber flog geradeaus, als ob es an einer Stange durch den Himmel gezogen würde ...

Als ich noch in Istanbul lebte, vor fünfundzwanzig Jahren, saß ich in einer Sommernacht auf einem Schiff, das mich von der europäischen Seite zur asiatischen Seite fuhr. Die Teeverkäufer trugen Tee zu den Leuten, in ihren Taschen klapperte das Kleingeld. Der Mond war so groß, als wohnte er nur im Istanbuler Himmel, liebte nur Istanbul und polierte sich jeden Tag nur für diese Stadt. Wohin er schaute, würden sich sofort alle Türen öffnen, um ihn hineinwachsen zu lassen. Wohin man faßte, faßte man den Mond mit an. Jeder hatte ein bißchen Mond in seinen Händen. Jetzt beleuchtete der Mond zwei Gesichter auf dem Schiff neben mir. Ein Junge, ein Mädchen. Er sagte: »Du hast also auch dem Mustafa deinen Schlüssel gegeben. Ich gehe. Auf Wiedersehen.« Er sprang vom Schiffsdeck ins Meer und tauchte ins Mondlicht. Das Schiff befand sich genau in der Mitte zwischen Asien und Europa. Ohne etwas zu sagen, blieb das Mädchen im Mondschein auf ihrem Platz sitzen. Alle anderen Menschen eilten zur Reling, das Schiff neigte sich mit der Menschenmenge, auch die Teegläser rutschten mit ihren Untertassen in Richtung Reling. Der Teeverkäufer schrie: »Teegeld. Teegeld.« Ich fragte das Mädchen: »Kann er gut schwimmen?« Sie nickte. Die Schiffsbesatzung warf dem Jungen zwei Rettungsringe hinterher, aber er wollte keinen Rettungsring. Das Schiff drehte und fuhr hinter dem Jungen her, ein Rettungsboot holte ihn aus dem Meer. Der Mond verfolgte alles, was passierte, und als der Junge mit nassen Kleidern und nassen Haaren zum Kapitän mußte, beleuchtete ihn der Mond wie einen Clown im Zirkus mit rundem Licht. Das Schiff drehte wieder in Richtung asiatischer Teil, die Teeverkäufer fanden ihre Kunden und sammelten das Kleingeld ein. Der Mond schien auf die leeren Teegläser, doch plötzlich drehte das Schiff wieder in Richtung europäische Seite, weil es die Rettungsringe im Meer vergessen hatte. Und der Mond war immer da über Europa und Asien.

Im Istanbuler Flughafen warteten die Menschen, ein langer Korridor aus Menschen, einige weinten.
Wie viele Türen gab es jetzt in Istanbul? Zwölf Millionen Menschen, wie viele Türen machten sie auf? Und kann der Mondschein unter all den Türen hineinwachsen? Kann der Mond das schaffen?

Als ich ein Kind war, lebten in Istanbul vierhunderttausend Menschen.
Unsere Nachbarin Madame Atina (»Athena«), eine Istanbuler Griechin, zog damals ihre älter gewordenen Wangen bis hinter ihre Ohren und klebte sie mit einem Klebeband fest. Ich sollte ihr dabei helfen. Sie sagte zu mir: »Ich bin eine Byzantinerin wie die Kirche Hagia Sophia, die in der Zeit des byzantinischen Kaisers Konstantin dem Großen, 326 nach Christus, als eine Basilika mit Steinmauern und Holzdach gebaut wurde. In der Hagia Sophia glaubten die Byzantiner mehr als irgendwo sonst, Gott nahe zu sein, und auch ich glaube, in Konstantinopel dem Mond näher zu sein als irgendwo sonst auf der Welt.« Mit dem Klebeband hinter den Ohren ging Madame Atina zum Obstladen. Ich ging mit ihr, sie sah mit ihren nach hinten gezogenen Wangen jung aus, deswegen lief ich schnell. Sie wollte so schnell laufen wie ich und fiel dabei manchmal auf die Straße. Der Obstladenbesitzer war ein Moslem und scherzte mit Madame Atina: »Madame, ein Moslemengel ist gekommen, er hat seine Finger in das Loch einer Säule gesteckt und die Kirche Hagia Sophia in Richtung Mekka gedreht.« Ich liebte die Hagia Sophia, ihr Boden war uneben, und an den Mauern sah man Christusfresken ohne Kreuz, aus dem Minarett sang ein Muezzin den Ezan, und in der Nacht schien der Mond auf Christus' Gesicht und auf das Gesicht des Muezzins.

Einmal fuhr Madame Atina mit mir auf dem Schiff Richtung asiatischer Teil. Ich war sieben Jahre alt. Meine Mutter sagte: »Schau, die Griechen aus Istanbul sind das Salz und der Zucker der Stadt.« Und Madame Atina zeigte mir ihr eigenes Konstantinopel. »Schau dieser kleine Turm am Meer. Der byzantinische Kaiser, dem man wahrgesagt hatte, daß seine Tochter von einer Schlange gebissen und getötet würde, ließ vor Üsküdar diesen Leanderturm (Mädchenturm) bauen und versteckte hier seine Tochter. Als sich das Mädchen einmal nach Feigen sehnte und man ihr aus der Stadt einen Korb Feigen brachte, wurde sie von der Schlange, die sich im Korb versteckt hatte, gebissen und starb.« Madame Atina nahm mein Gesicht in die Hände, sagte: »Mädchen, mit diesen schönen Augen wirst du vielen Männern die Herzen verbrennen.« Die Sonne beleuchtete ihre rotgefärbten Fingernägel, hinter denen ich den Mädchenturm am Meer sah.
Dann lief Madame Atina mit mir über die Brücke vom Goldenen Horn. Als ich damals über die niedrige Brücke, die sich mit den Wellen bewegte, lief, wußte ich noch nicht, daß Leonardo da Vinci – die Ottomanen nannten ihn Lecardo – einmal, am 3. Juli 1503, einen Brief an den Sultan geschrieben hatte. Der Sultan hatte am Goldenen Horn von ihm eine Brücke bauen lassen wollen, und Leonardo machte in seinem Brief an den Sultan seine Vorschläge. Ein anderer Vorschlag kam 1504 von Michelangelo. Aber Michelangelo hatte eine Frage: »Wenn ich diese Brücke bauen sollte – würde der Sultan verlangen, daß ich den muslimischen Glauben annehme?« Der Franziskanerabt, der den Vorschlag des Sultans mit Michelangelo diskutierte, sagte: »Nein, mein Sohn, ich kenne Istanbul so gut wie Rom. Ich weiß nicht, in welcher dieser Städte mehr Sündige leben. Der

ottomanische Sultan wird nie so etwas von dir verlangen.« Michelangelo konnte die Brücke dann aber doch nicht bauen, weil der Papst dem Künstler damit drohte, ihn zu exkommunizieren. Jahrhundertelang bauten die Ottomanen keine Brücke zwischen den beiden europäischen Teilen Istanbuls, weil im einen Teil Moslems und im anderen Juden, Griechen und Armenier lebten. Nur Fischerboote fuhren die Menschen hin und her. Der Sultan Mahmut II. (1808–1836) wollte endlich Moslems und Nicht-Moslems in Istanbul zusammenbringen und ließ die berühmte Brücke bauen. Als sie fertiggestellt war, schlugen die Fischer mit Stöcken gegen die Brücke, weil sie ihnen die Arbeit weggenommen hatte. Die Brücke wurde wie eine Bühne: Juden, Türken, Griechen, Araber, Albaner, Armenier, Europäer, Perser, Tscherkessen, Frauen, Männer, Pferde, Esel, Kühe, Hühner, Kamele, alle liefen über diese Brücke. Irgendwann gab es zwei Verrückte, eine Frau, ein Mann, beide waren nackt. Der Mann stand am einen Ende der Brücke, die Frau am anderen. Sie schrie: »Ab hier ist Istanbul mein.« Er schrie: »Ab hier ist Konstantinopel mein.«
Am Flughafen nahm ich ein Taxi. Seitdem Istanbul eine Zwölf-Millionen-Stadt geworden war, fanden die Taxifahrer die Adressen nicht mehr und regten sich auf. »Meine Dame, wenn du nicht weißt, wohin du fahren willst, warum bist du dann in mein Auto eingestiegen?« Ich wollte zu einer Freundin, ich hatte keinen Vater, keine Mutter mehr, zu denen ich als erstes hätte fahren können.

Vor Jahren war ich schon einmal mit einem Winterflugzeug nach Istanbul gekommen, um meine Eltern, die innerhalb von drei Tagen gestorben waren, zu begraben. Erst war meine Mutter gegangen. Mein Vater hatte in seinem Sessel gesessen, der Sessel gegenüber war leer. Er holte ein Gebiß herbei, an dem noch Schafskäse klebte, und sagte: »Hier, das Gebiß eurer Mutter.« Nach zwei Tagen starb auch er, und im Moscheehof stand sein Sarg auf einem hohen Totenstein. Auf den anderen Steinen standen noch zwei weitere Särge, und die Moscheeverwaltung hatte die Särge durcheinandergebracht. Sie wußte nicht, welcher Tote zu welcher Familie gehörte. Auf dem Friedhof holten die Totengräber deswegen die Leichen, die in Tücher gewickelt waren, aus den Särgen, und aus jeder Familie sollte ein Mann – die Frauen durften nicht in der Nähe des Grabs stehen – schauen, welcher Tote zu ihnen gehörte. Mein Bruder schaute auf die Gesichter der drei Toten und sagte: »Das ist unser Vater.«

Mit dem Taxi fuhr ich jetzt an dem Friedhof, auf dem meine Eltern begraben waren, vorbei. Ich wußte nicht mehr, in welchem Grab mein Vater liegt. Ich wußte nur, daß man von seinem Grab aus das Meer sah. Seitdem Istanbul eine Zwölf-Millionen-Stadt geworden ist, verlangte die Friedhofsverwaltung von den Hinterbliebenen, das Grab zu kaufen, sonst würden neue Tote über die Toten gelegt. Mein Bruder rief mich damals in Deutschland an: »Was sollen wir machen? Das Grab kaufen oder ihn zwischen anderen Toten verlorengehen lassen?« »Was denkst du?« »Wir können ihn mit anderen Toten zusammenlegen lassen, das paßt besser zu ihm.« Da man in Istanbul keine Friedhofsbesuche macht, war es uns egal, wo die Toten liegen. Die Friedhöfe sind leer, es sind die einzigen ruhigen Orte in der Stadt. Als junges Mädchen war ich manchmal mit einem Dichter zu den Friedhöfen gegangen. Er hatte aufgeschrieben, was auf den Grabsteinen stand. Er sagte: »Das sind die letzten Sätze der Menschen. Da gibt es keine Lügen.« Er wollte diese Sätze in seinen Gedichten benutzen.

Zwar gibt es in Istanbul keine Friedhofsbesucher, aber jeder Friedhof hat seinen Verrückten. Sie laufen dort zwischen den Grabsteinen herum, und Katzen laufen hinter ihnen her, weil sie den Katzen Käse und Brot geben. Auf dem Friedhof meiner Eltern lebten jahrelang zwei Verrückte. Der eine gab dem anderen immer ein Lira. Eines Tages gab er ihm statt eines Lira drei Lira. Der andere wurde böse und sagte: »Wieso gibst du mir drei Lira, ich möchte nur ein Lira.« »Mein Sohn, hast du nicht von der Inflation gehört? Jetzt sind drei Lira ein Lira.«
Der andere fing an zu weinen, sein Freund gab ihm ein Taschentuch.

Der Taxifahrer fand die Adresse meiner Freundin nicht und schwitzte. Ich gab ihm ein Papiertaschentuch und sagte: »Fahren Sie mich zum Stadtzentrum.« Vor dreißig Jahren hatte es in Istanbul einen Filmproduzenten gegeben, der nur traurige Geschichten verfilmte, und weil er sicher war, daß alle Zuschauer weinen würden, ließ er Taschentücher aus feiner Baumwolle herstellen. Er stand selbst vor dem Kino und verteilte die Taschentücher an die Besucher. Dabei lachte er. Zu dieser Zeit gab es in Istanbul einen berühmten Kino-Wahnsinnigen, der einen bestimmten türkischen Filmschauspieler besonders verehrte. Weil dieser Schauspieler in einer Rolle getötet wurde, kam der Verrückte eines Abends mit einer Pistole ins Kino und versuchte, den Mörder, bevor er schoß, selbst zu erschießen – und gab sechs Schüsse auf die Leinwand ab. Istanbul liebt die Verrückten. Die Stadt gibt ihnen ihre Brust und stillt sie. Sie hat sich von mehreren verrückten Sultans regieren lassen. Wenn ein Verrückter kommt, gibt Istanbul ihm einen Platz.
Genau vor dem Kino, in dem der Verrückte auf die Leinwand geschossen hatte, stieg ich aus dem Taxi. Bevor ich

vor zweiundzwanzig Jahren nach Berlin gegangen war, hatte ich oft vor diesem Kino gestanden und auf meine Freunde gewartet.
Jetzt stehe ich wieder hier und schaue die Gesichter der Menschen an, die an mir vorbeilaufen. Es sah aus, als liefen Filme aus ganz verschiedenen Ländern dieser Welt übereinander. Humphrey Bogart spricht mit einer arabischen Frau, fragt sie nach der Uhrzeit. Eine russische Hure spricht mit einem Mann, der sich wie Woody Allen bewegt.
In den Gesichtern der Menschen suche ich meine Freunde von damals, aber ich suche sie in den jungen Gesichtern von heute, als wären meine Freunde in den zweiundzwanzig Jahren nicht älter geworden, als hätten sie mit ihren damaligen Gesichtern auf mich gewartet. Als wäre Istanbul in dem Moment, in dem ich nach Europa gegangen war, zu einem Photo erstarrt, um auf mich zu warten – mit all seinen Bädern, Kirchen, Moscheen, Sultanspalästen, Brunnen, Türmen, byzantinischen Mauern, Bazaren, Holzhäusern, steilen Gassen, Brücken, Feigenbäumen, Slumhäusern, Straßenkatzen, Straßenhunden, Läusen, Eseln, Wind, Meer, sieben Hügeln, Schiffen, Verrückten, Toten, Lebendigen, Huren, Dichtern, Lastträgern. Als hätte Istanbul auf mich gewartet mit seinen Millionen von Schuhen, die in den Häusern auf den Morgen warten, mit seinen Millionen von Haarkämmen, die vor den mit Rasierseife befleckten Spiegeln liegen.

Ich bin da, jetzt werden sich alle Fenster öffnen. Die Frauen werden von Fenster zu Fenster zu ihren Freundinnen herüberrufen. Die Basilikumpflanzen in den Blumentöpfen werden duften. Die Kinder der Armen werden sich in ihren langen Baumwollunterhosen ins

Marmarameer werfen, um sich zu waschen. Alle Schiffe zwischen Asien und Europa werden hupen. Die Katzen werden auf den Dächern nach Liebe schreien. Die sieben Istanbuler Hügel werden aufwachen. Die Zigeunerinnen werden dort Blumen pflücken, um sie später im Stadtzentrum zu verkaufen. Die Kinder werden auf die Feigenbäume klettern. Die Vögel werden an den Feigen picken.
»Mutter, macht man von männlichen oder weiblichen Feigenbäumen Feigenmarmelade?« »Aus den männlichen. Schau, deren Feigen sind klein und hart.«
In den Tulpengärten des Sultanspalasts werden die Schildkröten mit den brennenden Kerzen auf dem Rücken herumlaufen, die Tulpen werden mit dem Wind ihre Köpfe zum Meer neigen, die Kerzenlichter der Schildkröten werden in die gleiche Richtung flackern. Der Wind wird die Schiffe heute schieben und schneller fahren lassen, die Passagiere werden früher in ihren Häusern ankommen. Wenn die Männer zu Hause sind, werden auf den sieben Hügeln die Lichter angehen. Die Väter werden ihre Hände waschen. Wassergeräusche. »Meine Tochter, gibst du mir ein Handtuch?« »Ja, Vater.«

Dem Kino gegenüber lagen ein paar Läden, manche der Ladenbesitzer erkannten mich wieder und begrüßten mich, alle hatten weiße Haare und weiße Augenbrauen.
Neben dem Kino stand ein armer Mann, vielleicht ein Bauer, der versuchte, mit einer Polaroid-Kamera die vorbeikommenden Leute zu photographieren.
»Photo-Erinnerung an Istanbul, Photo-Erinnerung an Istanbul.«
Ich ließ mich von ihm photographieren, das Bild war unscharf. »Machen Sie noch ein Bild.«

»Ich habe keinen Film mehr.«
Eine Bettlerin nahm mir das Photo aus der Hand und sagte zum Photographen:
»Du bist doch der Künstler, warum hast du die Dame nicht vor dem McDonald's photographiert?«
Sie schaute das Photo genau an und rief: »Oh, wie schön ist mein Schatz, wie schön.«
Ich dachte, sie meinte mich, aber auf dem Photo saß auf der Mauer hinter mir eine Katze. Ich war unscharf, aber die Katze war scharf.
Dann rief ich den türkischen Philosophen, der nicht in Berlin leben wollte, an.
»Wo bist du?«
»In Istanbul.«
Mit dem Schiff fuhr ich zu ihm herüber zum asiatischen Teil von Istanbul. Neben dem Schiff fuhr ein Fischerboot, das zwei Pferde transportierte. Der Mond schien auf die Gesichter der Pferde, die ganz ruhig waren. Ich tauchte meine Hände ins Meer, um etwas Mondschein anzufassen, der Mond sah plötzlich aus wie in meiner Kindheit – als wohnte er immer nur hier im Istanbuler Himmel, als liebte er nur Istanbul und polierte sich jeden Tag nur für diese Stadt.

Fahrrad auf dem Eis

Vor zwanzig Jahren kam ich zum ersten Mal für ein paar Tage nach Amsterdam. Die Kanäle waren vereist, und ein Fahrrad lag umgekippt auf dem Kanal. Ich schaute lange auf dieses Männerfahrrad, der Kanal war in der Nähe der Universität. Vielleicht hatte sein Fahrer sein Examen nicht bestanden, oder vielleicht hatte seine Geliebte es aus Wut auf den vereisten Kanal geworfen. Vielleicht könnte man, wenn van Gogh es gemalt hätte, die Geschichte dieses Fahrrads erfahren.

John Berger schrieb über van Gogh:

Nehmen wir einen Stuhl, ein Bett, ein Paar Schuhe. Im Vorgang des Malens kam er der Arbeit des Tischlers oder des Schusters, der sie gemacht hatte, weit näher als irgendein anderer Maler. Er trug die einzelnen Teile für das Endprodukt zusammen: Beine, Querhölzer, Lehne, Sitz. Oder: Sohle, Oberleder, Absätze – so als wollte er sie auch zusammenfügen und als ob sie durch dieses Zusammengefügtwerden wirklich würden.

Damals, vor zwanzig Jahren, ging ich, nachdem ich das Fahrrad auf dem Eis gesehen hatte, zum Van Gogh Museum. Ich saß vor einem seiner Selbstportraits und schaute nicht das Bild an, sondern den Museumswächter. Ein Mann. Er war der Wächter des Wartens. Er lief im Raum genau in der Mitte wie auf einer gerade gezogenen Linie, seine Schuhsohlen machten laute Geräusche, er schaute niemanden an, er hörte nur seinen Sohlen zu,

kehrte um und lief genau den gleichen Weg mit den gleichen Geräuschen wieder zurück. Ich weinte um ihn und glaubte, daß van Gogh ihn jeden Tag aus einem Bild ansieht.
Zehn Jahre später, nachdem ich diesen Museumswächter und zum ersten Mal die Originalbilder von van Gogh gesehen hatte, starb meine Mutter in Istanbul. Es war November in Berlin. Ich lag in einer Atelierwohnung im Bett und war sehr traurig, aß nicht, trank nicht und wollte auch sterben. Neben dem Bett lagen sechs Bände mit van Goghs sämtlichen Briefen an seinen Bruder Theo. Vom Bett aus sah ich den Garten. Einen Monat lang hing dieser Garten wie ein Bild im dunklen Novemberlicht, und es sah so aus, als ob der Himmel jede Sekunde auf die Erde klappen würde. Ich las alle Briefe von van Gogh, seine Stimme half mir. Wenn ich wieder zu weinen begann, umarmte ich eines dieser Bücher und las einen Brief laut. 100. Brief, Amsterdam, 4. Juni 1877:

Wir gingen an der Buitenkant hin und dort zu den Erdarbeiten an der Ostbahn. Ich kann Dir nicht sagen, wie schön es da war in der Dämmerung. Rembrandt, Michel und andere haben das ja gemalt, die Erde dunkel, der Himmel noch licht durch die Glut der untergehenden Sonne, die Häuserreihe und darüber die Türme, die Lichter überall in den Fenstern, alles spiegelte sich im Wasser. Die Menschen und Wagen wie kleine schwarze Figürchen, wie man das manchmal auf einem Rembrandt sieht. Und wir kamen in eine Stimmung, daß wir von allerlei Dingen zu sprechen begannen.

Wieder zehn Jahre später, nachdem ich die Briefbände von van Gogh umarmt und gelesen hatte, bekam ich von der Stiftung Kulturaustausch Niederlande–

Deutschland ein Stipendium und eine Wohnung, um drei, vier Wochen in Amsterdam zu leben und von meinen Eindrücken von der niederländischen Stadtkultur in den Zeitungen und Medien Nordrhein-Westfalens zu berichten.

Als ich in Amsterdam am 7. Oktober ankam, ging ich sofort zu dem Kanal, auf dem ich vor zwanzig Jahren das Fahrrad auf dem Eis gesehen hatte. Es war nicht mehr da. Es regnete auf den Kanal. Vielleicht ist dieses Fahrrad, nachdem das Eis geschmolzen war, versunken und liegt seit zwanzig Jahren unten. Und weil ich jetzt wieder da bin, dachte ich, es wird plötzlich hochkommen, sogar aus dem Wasser zur Straße springen und ohne einen Besitzer losfahren, Kurven nehmen, und ich werde hinter ihm herrennen. Es wird mir die Kanäle, Brücken zeigen, bis ich sie alle kennengelernt habe. Es wird mich fragen: »Goedemorgen. Spreekt u Duits?« Ich werde hinter ihm herrennen. »Ja.«

Das Fahrrad fuhr und erzählte:

Die sumpfige Flußebene der Amstel zur Zuiderzee hin war alles andere als eine einladende Gegend: Bei Nordseestürmen stand sie oft unter Wasser. Der Legende nach waren es dann Bataver, die in ausgehöhlten Baumstämmen den Rhein hinuntergetrieben waren, die sich hier als erste ansiedelten und eine Tradition von Eindeichungen, Kanalisationen und Trockenlegungen von Flüssen und Meeresteilen, die bis heute hin fortdauert, begannen.

Bevor ich nach Amsterdam kam, fragte ich in Deutschland einen deutschen Freund. »Ich muß etwas über Amsterdam schreiben, worüber soll ich schreiben?«

Er sagte: »In Amsterdam gibt es van Gogh, Huren, das Anne-Frank-Haus, Beckmann war dort Emigrant.«
Ich rief in Istanbul einen türkischen Freund an, der jahrelang in Amsterdam gelebt hatte.
Er sagte: »Amsterdam ist hinreißend. Man muß aber am besten jung sein, um dort zu leben. Die Stadt liebt Liebe machen.«
Ich rief einen holländischen Freund in Utrecht an.
Er sagte: »Ich reise sehr viel in der Welt, ich komme immer gerne nach Holland zurück. Man sagt über uns, die Holländer seien zu gemütlich, schwer zu bewegen, liberal.«
»Was denkt dein Kind?«
»Mein Sohn ist Halbindonesier, er will überhaupt nichts über holländische Geschichte wissen. Wenn du in Amsterdam bist, geh nach Belmer, das ist das Viertel, wo die Schwarzen leben. Die Türken sind gut integriert, man hat etwas Probleme mit marokkanischen Jugendlichen wegen Kleinkriminalität.«

Als ich in Amsterdam in der Gästewohnung für Schriftsteller ankam, stand ich zwei Stunden lang am Fenster. In den Fenstern der drei Häuser gegenüber gab es keine Vorhänge. In einem Raum stand ein großer Spiegel, eine Frau im schwarzen Unterrock erschien kurz im Spiegel und verschwand. Auch in meiner Wohnung hingen keine Vorhänge.

Ich schaute in die Schränke. Öl, Butter, Waschmittelreste waren da. Jemand hatte in einem Glas Salz und Zucker ineinander gemischt. In einem aufgeschlagenen Telefonbuch lagen zwei Wimpern. Eine halbe Kaffeetüte im Kühlschrank. Aus dem Kühlschrank flog eine dürre, arme Fliege heraus. Das erinnerte mich an die Anekdote von Herrn van de Wakker, der Malunterricht bei van Gogh nahm.

Eines Tages zeichnete er mit Vincent im Freien, als er bemerkte, daß Vincent während des Arbeitens eine Fliege nach der anderen auf dem Papier totdrückte. Er fragte Vincent: »Warum verschmierst du denn dein Papier so?« Vincent antwortete: »Da können sie wenigstens sehen, daß es im Freien gemacht ist.«

Lautlos verschwand die kleine Fliege unter der Couch, auf der ein indischer Teppich lag. Links aus dem Fenster heraus sah ich ein Haus, das sich im Wasser spiegelte. Es fing an zu regnen. Ich zählte die Kreise, die der Regen auf das Wasser setzte. Es sah so aus, als ob der Regen das Wasser wie ein Schiff benutzte, um irgendwohin zu fahren. Dann sah ich die Katze, sie war durch das offene Fenster hereingekommen und saß genau in der Mitte der Couch auf dem indischen Teppich. Katja, die vor mir hier gewohnt hatte, hatte mir am Telefon gesagt: »Und es gibt eine Katze dort.«

Er will »sich bescheiden« und nun am liebsten Evangelist in Belgien werden ... Als er Ende August auf die Schule in Brüssel kommt, die erst seit kurzem besteht und nur drei Schüler zählt, ist er beim Unterricht von Lehrer Bokma sicher der am weitesten Fortgeschrittene, aber er ist nicht am rechten Ort und kommt sich vor »wie eine Katze im fremden Lagerhaus«, wie er sagt; wegen seiner Absonderlichkeiten in Kleidung und Manieren wird er ziemlich viel geneckt.

»Katze, ich geh jetzt etwas einkaufen, bleib hier.«
Katja hatte mir von einer Bar erzählt.
Da setzte ich mich hin, mit Einkaufstüten, trank Bier. Es

war halb dunkel. Man mußte wie in New York sofort seinen Drink bezahlen. Drei schöne Männer hinter der Bar. Einer ordnete die Musikkassetten. Ich fühlte mich wie in einem Schiff. Ein Barmann schüttete aus einer Plastiktüte Zitronenscheiben auf einen großen Teller. Vitamin-C-Mangel brachte viele Seemänner auf den langen Seefahrten um. Wo habe ich das gelesen, ich weiß es nicht mehr. Neben mir sprach ein Mann mit einem Mädchen. Er sagte sehr oft: »waansinnich.« Dann fielen Namen wie Jakarta, Hongkong, dann wieder das Wort waansinnich. Die Männer kamen mir sehr weich vor. Sie sehen fein und schön aus. Besonders wenn sie in Gruppen stehen. Kinder vom Wasser. Haben die Seemänner aus Holland in den fremden Ländern die Mädchen so weich angesprochen, oder war es, weil die Holländer noch einen König haben? Vielleicht identifizieren sich jeder Mann und jede Frau am Morgen, wenn sie aufstehen und in den Spiegel schauen, mit König und Königin und machen sie nach, so wie sie sich vorstellen, daß ein König oder eine Königin sich unter den Menschen bewegt. Ich muß der Katze mitteilen, was für einen Blödsinn ich gedacht habe.

Die Katze war aber weg. Es regnete weiter, und im Nachbarhaus, in dem ich die Frau im schwarzen Unterrock im Spiegel gesehen hatte, saß jetzt ein Mann und tippte. Dann kam die Frau im blauen T-Shirt und Rock den Korridor entlang, hinter ihr lief ein großer Hund, und beide blieben hinter dem Mann stehen und schauten über seine Schulter auf den Computer. Erst legte die Frau ihre Hände auf die Schultern des tippenden Mannes. Als sie sich neben ihn auf den Stuhl setzte, legte der große Hund seine Pfoten auf die Schultern des Mannes.

Am Morgen flogen Flugzeuge, eins nach dem anderen, über das Haus. Wie in allen schönen Wohngegen-

den in allen Städten liegt der Flughafen in der Nähe.
Draußen auf den Treppen sprach ein Mann mit einem Mädchen.
Van Gogh arbeitete 1877 in einer Buchhandlung. Er stand an einem Pult und schrieb Lieferscheine. Fräulein Braat, die mit ihrem Bruder zusammen über der Buchhandlung wohnte, erinnerte sich an van Gogh:

Ich habe nie gedacht, daß an ihm etwas wäre, an diesem van Gogh. Offen gestanden fand ich ihn einen richtigen Döskopp. Wenn Sie bedenken, daß er nie oben in unserer Familie gewesen ist; daß er nie ein Wort mit mir sprach, wenn ich als junges Mädchen durch den Laden kam.

Ich kannte niemanden in Amsterdam. Ich hatte eine einzige Telefonnummer von einem Amsterdamer Mädchen, das, als mein letztes Buch in Amsterdam erschienen war, zu meiner Lesung gekommen war. Sie sprach mich damals auf türkisch an, sagte, ihre Freundin sei Türkin und sie selbst hätte in Istanbul sechs Monate lang im türkischen Frauenfußballverein gespielt und dort Türkisch gelernt. Ich rief sie an und verabredete mich für 17 Uhr mit ihr.
Ich ging auf den Leidseplein, der voller Leute war, und suchte in den Gesichtern der zweiten und dritten Generation von Ausländern das Holländische. Das hatte ich in Deutschland gelernt. Dort kann man an manchen Gesichtern der 18-19jährigen Türken das Deutsche finden. Diese Gesichter identifizieren sich mit der Gestik der Deutschen und spiegeln manchmal die Deutschen mehr als ein Deutscher. Ich folgte einem türkischen Pärchen. Sie hatten etwas von einem Prinzen und einer Prinzessin. Die Stadt war ihre Bühne, und sie schauten nach vorne, als könnten sie jederzeit von Fotografen

fotografiert werden. Das Foto könnte heißen: »Ich bin schön, ich bin gut in dieser Stadt«.

Die Häuser in Amsterdam sehen so aus, als ob sie einmal als Kinder sehr dicht nebeneinander Hand in Hand gestanden hätten, und manche dieser Kinder haben plötzlich angefangen zu pinkeln. Die anderen haben ihre Hände losgelassen, und dort, wo diese Kinder gepinkelt haben, sind die Kanäle entstanden. Manche Häuser sind krumm, als hätten sie vom ständigen Stehen im Wasser Rheuma bekommen.
Ich ging in viele Läden. Die Verkäufer fragten: »Where are you from?« In New York fragten sie auch immer: »Where are you from?« Thomas Brasch hatte gesagt: »In New York ist jeder fremd.« Hafenstädte. Immer sind von den Treppen der Schiffe neue fremde Menschen heruntergestiegen. Kann eine Stadt süchtig werden nach den Fremden? Alle Kinder in diesen Häusern sind seit Hunderten von Jahren mit den Spielzeugen und Gegenständen aus fremden Ländern aufgewachsen. Ein Kind wirft in den dicken Mund eines Negerkopfes aus Porzellan das Spargeld und holt es aus dem Kopf wieder raus. Als einer der Männer vor dreihundert Jahren einen Elefanten aus Indien mitgebracht hatte, regnete es genauso wie jetzt. Was hat der Elefant damals gesehen?
Ich trank in einem Saftladen einen frischen Orangensaft. Neben mir saß ein junges Mädchen.
»Where are you from?«
Sie hieß Isis. Sie gab mir ihre Telefonnummer.
»Do you like your city?«
»Die Stadt ist schön, aber unsere Geschichte ist nicht schön. Und die Jugend weiß nichts von unserer kolonialistischen Zeit. Die Jugend glaubt, daß unser Reichtum immer da war.«

»Isis, was soll ich mir in Amsterdam anschauen?«
»Den Blumenmarkt.«

4. Juni 1877. Van Gogh schrieb an seinen Bruder Theo:

Heute kam ich am Blumenmarkt auf dem Singel vorbei, da habe ich etwas sehr Nettes gesehen. Ein Blumenhändler stand da mit Unmengen von Töpfen und Kübeln, allerlei Blumen und Sträuchern, ganz hinten stand der Efeu, und dazwischen saß ein Mädelchen, ein Kind, wie Maris es malen würde, so einfach mit ihrem schwarzen Häubchen auf dem Kopf und einem Paar so lebendigen und doch so freundlichen Augen; sie saß da und strickte; der Mann pries seine Ware an, und wenn ich nur gekonnt hätte, so hätte ich gern etwas davon gekauft. Und er sagte und zeigte dabei unwillkürlich auch auf sein Töchterchen: »Sieht es nicht gut aus?«

In der Nähe des Blumenmarkts gab es ein Café. Auf der Straße standen ein Tisch und zwei Stühle. Auf einen der Stühle setzte ich mich und wartete, daß vielleicht ein kleines Mädchen mit ihrem schwarzen Häubchen auf dem Kopf den Kanal entlanglief.
Ich stand auf, ging herum und kam nach einer halben Stunde wieder zum Café zurück und schaute auf den Stuhl, auf dem ich gesessen hatte. Er war leer. Auf dem anderen saß ein einsamer Mann. Noch einmal lief ich für eine halbe Stunde in die Stadt und kam wieder zurück zu diesem Café. Beide Stühle waren leer. Dieser Stuhl wurde ein Teil meines persönlichen Stadtplans. Ich hatte vier Monate in New York gelebt, war dort allein gewesen, sprach nicht gut Englisch, zwischen meiner Wohnung und der Sprachschule lief ich jeden Tag durch eine bestimmte Straße. Dort saß ein Schwarzer und

fragte mich nach einem Dollar. Ich gab ihm jedesmal einen Dollar, und weil er so selig war, gab ich ihm noch einen Dollar. Jeden Tag bereitete ich die Dollars schon vor, und manchmal, wenn er nicht dort saß, war ich traurig. Dieser Mann war für mich der Mittelpunkt meines persönlichen Stadtplans. Man muß sich in einer fremden Stadt an irgendeinem Punkt festhalten. Als ich Schwimmen lernte, sagte eine Freundin: »Du mußt am Meer immer ein Ziel haben. Ein Boot oder einen Ballon, etwas, das immer auf dem gleichen Platz steht, und du mußt immer zu diesem Punkt hin- und zurückschwimmen. So hast du keine Angst vor dem Meer.« Wenn ich vor diesen Stühlen stehe, kann ich mich in der Stadt verlieren, aber wenn ich diese Stühle wiederfinde, bin ich eben bei diesen Stühlen.

Um 17 Uhr fuhr ich zu dem holländischen Mädchen, die sehr gut Türkisch sprach. Christany. Ihre türkische Freundin war gerade nicht da. Christany zeigte mir zwei Fotos an der Wand. Auf einem waren sie kurz vorm Küssen, auf dem anderen beim Küssen. Christanys Vater kam mit einem kleinen Hund hoch und sagte stolz: »Christany spricht so gut Türkisch. Wunderbares Türkisch. Fast ohne Akzent, nicht wahr?«
An der schrägen Wand hing ein Stadtplan von Amsterdam. Die hufeisenförmigen Kanäle waren wie ein halbgewobenes Spinnennetz, als ob eine Spinne keine Lust mehr gehabt hätte, das Netz fertig zu weben. Christanys Vater sagte:
»Weil wir als alte Kolonialisten die andere Hälfte des Spinnennetzes über den Köpfen der fremden Länder gestrickt haben. Deswegen.«
Christany, der Vater, der Hund und ich fuhren zu einem Arbeiterviertel. An manchen Balkons waren Satelliten-

schüsseln angebracht. Christany sagte: »Schau, da wohnen die Türken und empfangen türkisches Fernsehen.«
Christany spielte mit den Frauen Fußball, ihr Vater und ich schauten zu. Ich fragte ihn: »Sind die Männer in Holland weich?«
»Weich?« lachte er. »Wenn man an unsere Vorfahren denkt, sind sie es nicht. Holländische Männer haben im 17. Jahrhundert in den Kolonien alles ausgesaugt. Ich hoffe, daß sich jetzt in Holland alles vermischen wird. Es ist nicht gut, wenn Surinam, Türken und Holländer sich nicht vermischen. Wenn es nur eine einzige Religion gäbe, wäre es leichter. Hier leben 45 % Menschen, die nicht von holländischen Eltern sind. In Holland leben mehr Surinamer als in Surinam. Holland ist eines der reichsten Länder in der Welt. Im Sport haben sich die Menschen besser vermischt. Ich war, als ich jung war, Sportjournalist. Damals dachte ich, alle Journalisten rauchen, also muß ich auch rauchen. Meine Mutter hatte jeden Samstag nur zwei Zigaretten geraucht. Das Rauchen war für sie wie ins Kino gehen. Ich saß an meinem Schreibtisch und rauchte, dann hatte ich ein Loch in der Hose und ein Loch im Hemd, in einer Woche habe ich zwei Hosen und ein Hemd verloren, dann habe ich aufgehört. Wir Holländer verlieren uns im Fußball.«
Christany kam aus der Dusche und sagte: »Wenn du willst, können wir am Sonntag das Anne-Frank-Haus besuchen.«
»Ich war schon dreimal da.«
»Ich noch gar nicht«, sagte Christany.
»Weißt du, Christany, mit zwölf Jahren habe ich Anne Frank in der Türkei gespielt. Damals wuchsen meine Brüste und taten mir besonders in der Nacht weh. Als ich zum ersten Mal im Anne-Frank-Haus war und in

ihrem kleinen Zimmer stand, machte es mich fast verrückt zu denken, daß Annes Brüste in diesem Versteck groß geworden sind und sie dazu noch ihre Tage bekommen hat und keine Watte kaufen konnte.«
Christany sagte: »Ich bin aus Amsterdam, war aber noch nie da. Hier ist meine beste Freundin, sie ist Jüdin.«
»Wie viele Juden leben in Holland?«
»Ich weiß es nicht«, sagte Christanys Freundin, »sprichst du nur Deutsch, kannst du nicht Französisch?«
»Oui, très bien.«
»Laisse-nous parler français.«

Van Gogh schrieb am 21. Mai 1877 an seinen Bruder:

Diese Woche bin ich zu Fuß bis zur Zuiderzee gegangen, über den Deich bis nach Zeeburg. Da kommt man am Judenkirchhof vorbei, auf dem ich auch gewesen bin. Er ist sehr schlicht, voll aufrecht stehender alter Grabsteine mit hebräischen Inschriften, hier und da Holunderbäume, und bewachsen mit langem, dunklem Gras.

Christanys jüdische Freundin sagte: »Komm doch mit uns zum marokkanischen Restaurant, wir werden marokkanisch essen. Mein Freund ist Marokkaner, aber er ist nicht da, er ist in Marokko.«
Im marokkanischen Restaurant saßen nur wir sechs Frauen. Christany fragte mich: »Hast du unser packhuis gesehen?«
»Gebäckhaus?«
»Nein. Packhuis. Wenn die Schiffe aus den Kolonien zurückkehrten, lagerte man Pfeffer, Salz, Gewürze, Seide, alles, alles in diesen packhuisern.«
»Dann müssen diese Häuser sehr gut gerochen haben.«

»Ich weiß es nicht, sie riechen nicht mehr nach Gewürzen.«
»Christany, weißt du, du bist heute der dritte Mensch in Amsterdam, der mir von der Kolonialzeit erzählt. Manchmal passiert das in Deutschland auch. Ich höre dort auch manchmal dreimal an einem Tag von meinen Freunden ›Scheiß Nazis‹. Ich sagte auch, als ich zum erstenmal in Amsterdam war: ›Amsterdam, Amsterdam, ein Kolonialladen‹. Glaubst du, daß man darüber redet, weil das Thema uns an unsere Schulzeit erinnert?«
Eine Straßenbahn fuhr sehr dicht am Restaurant um die Ecke, ich hörte Christanys Antwort nicht. Die Straßenbahn blieb stehen, die Menschen in der Bahn schauten uns an, wir schauten sie an. Dann fuhr die Straßenbahn weiter. Die jüdische Freundin von Christany lud mich für den nächsten Tag um 12 Uhr in einen Buchladen ein, wo eine ihrer Freundinnen ihre Buchpremiere feierte. Ich verabschiedete mich und fuhr wieder zu dem Café, vor dem die beiden Stühle standen. Zwei Penner saßen auf ihnen, neben ihnen ihre Fahrräder, sie tranken gemeinsam aus einer Flasche Wein.

Paul Gauguin erzählte:

Der Schnee beginnt zu fallen. Es ist Winter. Ich schenke euch das Leichentuch, es ist ganz einfach Schnee. Die Armen leiden, häufig verstehen es die Hausbesitzer nicht. Eiliger als sonst und ohne Lust am Bummel drängen sich die Fußgänger an diesem Dezembertage in der Rue Lepic unserer guten Stadt Paris. Unter ihnen beeilt sich ein von Frost Geschüttelter, auffällig durch seine Kleidung, den äußeren Boulevard zu erreichen. Ein Ziegenfell hüllt ihn ein, Pelzmütze, Kaninchen wahrscheinlich, der rote Bart gesträubt; so sieht ein Ochsentreiber aus.

Beobachtet nicht oberflächlich und schreitet trotz der Kälte nicht weiter, ohne sorgfältig die weiße, wohlgeformte Hand, die blauen, so hellen, kindlichen Augen zu betrachten. Gewiß ein armer Kerl.
Er heißt Vincent van Gogh.
Hastig betritt er den Laden, in dem man überseeische Pfeile, alte Waffen und billige Ölbilder verkauft.
Armer Künstler! Ein Stück Seele gabst du dahin, als du dieses Bild maltest, das du jetzt verkaufst.
Es ist ein kleines Stilleben: Rosa Krabben auf rosa Papier.
»Können Sie mir für dieses Bild ein wenig Geld geben, mir meine Miete bezahlen zu helfen?«

Ich fuhr nach Hause, stieg an der falschen Haltestelle aus. Ich hatte den Namen der Haltestelle heute früh notiert, aber es war nicht der Name der Haltestelle, sondern das holländische Wort für Haltestelle. Ich fragte ein Pärchen nach meiner Straße. Auch sie standen wie König und Königin ganz gerade, hörten mir zu. Die Frau sagte sehr leise: »I am sorry, I don't know your street.«
Ich ging in ein Café, dort saßen vier Menschen, ich fragte sie: »Welche Sprache sprechen Sie?«
»Was Sie wollen, Englisch, Deutsch, Holländisch, Französisch, Spanisch.«
Obwohl ich gut Deutsch und Französisch sprach, versuchte ich mein Problem auf englisch zu erklären, als ob meine Sprachschwierigkeit im Englischen die Schwierigkeit, meine Straße zu finden, besser ausdrükken könnte. Sie bestellten mir ein Bier, und ein Mädchen am Tisch rief mit ihrem Handy sofort ein Taxi für mich.
Zu Hause schaute ich aus dem Fenster zum Haus gegenüber. Die Frau, die ich zuletzt im blauen T-Shirt gesehen

hatte, saß wieder im schwarzen Unterrock neben dem Mann, der am Computer tippte.
Was schreibt er? Es ist spätnachts.

Suzanne Valadon erzählte über van Gogh:

Er kam und schleppte ein schweres Bild mit sich, das er in eine Ecke stellte, wo es gutes Licht erhielt, dann wartete er, ob man ihm etwas Aufmerksamkeit schenken werde. Aber niemand interessierte sich dafür. Er saß seinem Bild gegenüber, beobachtete die Blicke der anderen, nahm wenig an der Unterhaltung teil; schließlich ging er müde weg und nahm sein Werk wieder mit sich. Aber in der nächsten Woche kam er wieder und begann das gleiche Spiel von neuem.

Ich ließ das Fenster auf und wartete darauf, daß die Katze wiederkommt. Vom Bett aus sah ich weiter den tippenden Mann und die Frau im schwarzen Unterrock. Die Frau lief irgendwann den Korridor entlang und verschwand. Von dort, wo sie verschwunden war, trat der große Hund auf, lief zu dem Mann und legte sich in seine Nähe. Und in demselben Moment sprang die Katze durchs Fenster zu mir ins Bett.
Am nächsten Morgen war es Samstag. Draußen auf den Treppen sprach ein Kind mit einem anderen. Die Katze war nicht mehr da. Ich las im Bett einen Roman und weinte und trocknete meine Tränen mit der Bettdecke. Und sah durch die weiter herunterlaufenden Tränen den Mann im Nachbarhaus unscharf. Er stand nackt am Fenster und schaute mich an. Er sah, daß ich weinte. Er stand unbeweglich. Ich hielt mein Buch hoch und blätterte ein paarmal hin und her, damit er sah, daß ich deswegen weinte.

Ich fuhr in die Stadt. Alle kleinen Restaurants waren voll, alle aßen, tranken, es sah aus wie im Quartier Latin in Paris. Ich lief zum Bahnhofsviertel, halbnackte Mädchen bedienten die Leute, die Toiletten waren sehr eng, wie in Paris. Der Quadratmeter soll in Amsterdam auch sehr teuer sein, wie in Paris. Um zwölf Uhr ging ich in den Buchladen, zu dem ich von Christanys Freundin eingeladen worden war. Es war sehr voll, es roch nach Essen. Japanische Sushis lagen auf den Tabletts. Zwei Bücher über Fußball wurden an diesem Tag präsentiert. Christanys jüdische Freundin sagte: »Hier ist mein Onkel.« Er konnte Deutsch, wir sprachen aber Französisch. Der berühmte Fußballer Cruyff war auch da.
»Entschuldigung, ich kann kein Holländisch.«
Cruyff sagte: »Reden wir doch Deutsch.«
Ich ging raus auf die Straße. Viele Leute gingen in die Boutiquen hinein und kamen wieder heraus, ich lief zu dem Café, wo die beiden Stühle standen, setzte mich auf einen der Stühle. Viele Touristen standen vor diesem Café und lasen auf der schwarzen Tafel, auf der die Speisen mit Kreide geschrieben waren. Eine deutsche Mutter und ihre Tochter blieben stehen. Die Tochter mußte entscheiden.
»Na, siehst du etwas, das dir gefällt?«
»Kannst du mich nicht mal in Ruhe lassen? Ich muß doch erst mal alles lesen.«
Sie gingen weiter. Ein älterer Mann kam, studierte die Speisen und ging auch weiter.
Paul Gauguin erinnert sich an van Gogh:

Gegen Abend hatte ich mein Essen gerichtet und spürte das Bedürfnis, mich allein ein wenig im Duft der blühenden Lorbeerbäume zu ergehen. Schon hatte ich fast den Victor-Hugo-Platz ganz überquert, als ich hinter mir einen wohl-

bekannten leichten, schnellen und hastigen Schritt hörte. Ich wandte mich just in dem Augenblick um, als Vincent sich mit einem offenen Rasiermesser in der Hand auf mich stürzte. Die Macht meines Blickes muß in diesem Augenblick sehr stark gewesen sein, denn er hielt inne, und gesenkten Hauptes lief er in der Richtung nach Hause fort.
War ich damals feige, hätte ich ihn nicht entwaffnen und zu beruhigen suchen sollen? Häufig habe ich mein Gewissen befragt und habe mir keinen Vorwurf gemacht. Werfe, wer will, den ersten Stein auf mich.
Kurz entschlossen ging ich in ein gutes Arleser Gasthaus, fragte nach der Zeit, nahm ein Zimmer und legte mich zu Bett.
Aufgeregt, wie ich war, schlief ich erst gegen drei Uhr morgens ein und erwachte ziemlich spät gegen halb acht Uhr. Als ich auf den Platz kam, sah ich einen großen Menschenauflauf. Gendarmen standen vor unserem Haus, und ein kleiner Herr in steifem Hut, der Polizeikommissar. Folgendes war geschehen. Van Gogh ging nach Hause zurück und schnitt sich augenblicklich das Ohr unmittelbar am Kopfe ab. Er muß etliche Zeit gebraucht haben, die starke Blutung zu stillen, denn am anderen Morgen lagen auf den Fliesen der beiden unteren Räume eine Menge von feuchten Tüchern. Das Blut hatte beide Zimmer und die kleine Treppe, die zu unseren Schlafzimmern führte, besudelt.
Als er wieder fähig war auszugehen, begab er sich, den Kopf tief in eine baskische Mütze gehüllt, geradewegs in ein Haus, wo man mangels einer Liebsten Bekanntschaften schließen kann, und gab dem Wächter sein Ohr, das er fein gesäubert und in einen Briefumschlag verschlossen hatte. »Hier zu meinem Gedächtnis«, sagte er, eilte dann fort, ging nach Hause, legte sich zu Bett und schlief ein. Indessen war er achtsam genug, die Läden zu schließen und eine

brennende Lampe nahe dem Fenster auf den Tisch zu stellen. Zehn Minuten später war die ganze den Freudenmädchen eingeräumte Straße auf den Beinen und betratschte das Ereignis.

Ich lief an den packhuisern entlang und hielt meine Nase an ihren Mauern und Türen, ob sie noch nach Pfeffer, Kardamon und Curry rochen. Konnten die holländischen Kinder damals wie Onkel Dagobert, der in sein Zimmer voller Geld springt, in ein Zimmer voller Salz oder Curry springen? ›Mama, mir brennen die Augen!‹
Ich ging in ein Museum und schaute mir kein Bild an, sondern die Museumswächterin. Sie lächelte mich an und schaute öfter auf ihre Uhr. Zu Hause rief mich ein junger Deutscher von der niederländisch-deutschen Stiftung an.
»Heute abend gibt es im Goethe-Institut einen Film von Heinrich Böll. Eine Romanverfilmung. Hätten Sie Lust zu kommen? Wir könnten uns dort treffen.« Seine Stimme gefiel mir. Sie klang so, als ob er meine Hilfe brauchte.
Der Saal war voll und hatte schlechte Luft. Der Junge, der Rudi hieß, gab mir im Dunkeln die Hand.
»Sie sind es, nicht wahr? Ich wußte das.«
Es war ein Sechziger-Jahre-Film, wo die Schwarz-weiß-Kamera lange auf den Gesichtern bleibt. Viele Holländer sahen den Film. Als wir zusammen rausgingen, fingen sie sofort an zu reden.
»Rudi, liebst du die holländische Sprache?«
»Ja, ich bin verliebt in diese Sprache.«
»Böll habe ich vor dreißig Jahren in Istanbul auf türkisch gelesen. »Und sagte kein einziges Wort«. Ich las das Buch und dachte: ›Das Land hat ein Drama.‹«

Rudi und ich gingen in eine Bar. Zwei holländische Männer und der Kellner aßen an der Bar Steak mit Pommes frites. Wir fragten: »Schmeckt es Ihnen?« Der Kellner sagte: »Nein.«
»Rudi, lebst du hier gerne?«
»Ja, sehr gerne. Die Leute sind offen und zurückhaltend.«
»Mir kommen die Männer so weich vor. Sie haben am Meer gestanden und haben gesehen, daß die Welt groß ist. Und Deutschland ist ein Wald. Bis sie den Weg raus gefunden hatten, war die Kolonialzeit vorbei. Man sagt, deswegen haben die Deutschen die Kolonien im Land selber geschaffen, die Gastarbeiter.«
»Die Holländer haben ihre Sprache vor langer Zeit in die Kolonien gebracht, deswegen sprechen viele Ausländer so selbstverständlich Holländisch.«
»Und in Deutschland mußte die deutsche Sprache, die von Ausländern gesprochen wird, einen langen Weg machen, sich biegen, gebrochen werden und wieder gradestehen. Was war dein erstes Gefühl, Rudi, als du herkamst?«
»Kälte.«
»Ich denke manchmal, daß die Holländer sich mit ihren Königen und Königinnen identifizieren. In London wohnte ich in einem Luxushotel. Beim Frühstück goß mir ein elfjähriger englischer Junge Orangensaft aus einer schweren Vase ein. Er spielte die Rolle eines kleinen Prinzen, der höflich ist. Er identifizierte sich mit seinem Prinzen.«
Rudi lachte und sagte: »Das ist möglich, und mit wem identifizieren sich die Deutschen?«
Wir suchten Namen: Kohl, Schmidt, Strauß.
»Besser mit Millowitsch.«
»Besser mit Karl Valentin.«

Danach gingen wir in eine Schwulenbar. Sie war sehr voll. Rudi sagte mir: »Das ist eine neue Bar. Die anderen drei Schwulenbars in der Straße weinen, weil die hier drei Monate gratis Getränke ausgeschenkt haben. Jetzt kommen alle hierher. Scheiße, Großzügigkeit macht süchtig.«
»Ja, wie in der Liebe.«
»In der Liebe auch?«
Er hatte Liebeskummer. Das war in seiner Stimme gewesen, als er mich angerufen hatte.
Wir gingen an den anderen Schwulenbars vorbei. Sie waren wirklich leer. Rudi und ich hatten Mitleid mit ihnen.
»Guck nicht hin«, sagte Rudi.
»Rudi, begleitest du mich zu meinen Stühlen? Ich muß, bevor ich nach Hause gehe, zu den beiden Stühlen. Und ich zitiere dir aus einem Brief von van Gogh, den er am 28. Mai 1877 an seinen Bruder Theo geschrieben hat:«

Heute war ein stürmischer Tag; als ich heute am Morgen zur Stunde ging und von der Brücke aus zur Zuiderzee hinübersah, war da am Horizont ein weißer Streifen (dagegen zeichnete sich die lange Häuserreihe mit der Ostkirche ab), darüber dunkle graue Wolken, aus denen in der Ferne der Regen in schrägen Bahnen niederfiel.

Die Stühle standen allein da. Rudi und ich setzten uns und rauchten Zigaretten. Es regnete. Auf dem Tisch stand ein Aschenbecher, auf den die Regentropfen klatschten, und die Asche spritzte heraus. Die Stadt schlief, die Fenster waren dunkel, die Fahrräder standen müde nebeneinander, nur die Regentropfen bewegten den Kanal, und es sah wieder so aus, als ob der Regen den Kanal als Schiff benutzte, um irgendwo hinzufah-

ren. Die Häuser, die mir tagsüber manchmal wie braune, muffige Blumentöpfe vorkamen, sahen jetzt wie im Halbdunkel stehende, große religiöse Bücher aus. Die Männer ließen ihre Frauen in diesen religiösen Büchern zurück und fuhren mit den Schiffen über die Kanäle weit weit weg zu ihren Nutten. Rudis und meine Zigaretten wurden naß. Wir legten unsere Hände wie ein Dach über die Zigaretten. Mit den nassen Haaren sah Rudi sehr schön aus.
»Rudi, du bist der schönste Junge in dieser Nacht. Rudi, was heißt ›der Mond‹ auf holländisch?«
»De maan.«
»Sag mir ein Wort, das du im Holländischen sehr liebst.«
»Leuk, gewoon leuk. Das heißt ›einfach klasse‹.«
»Was heißt ›der letzte Brief‹?«
»De laatste brief.«
»Kennst du den letzten Brief von van Gogh an Gauguin?«

Sein letzter Brief, den ich empfing, war von Auvers bei Pontoise datiert. Er schrieb mir, daß er gehofft hätte, so weit geheilt zu werden, daß er mich in der Bretagne aufsuchen könnte. Heute aber müsse er die Unmöglichkeit einer Gesundung erkennen.
»Liebster Meister« (er gebrauchte das Wort dieses einzige Mal), »wenn man Sie gekannt und gekränkt hat, ist es würdiger, in gesundem Zustand als in einem erniedrigenden Zustand zu sterben.«
Er schoß sich eine Revolverkugel in den Bauch, und wenige Stunden später starb er im Bett, seine Pfeife rauchend, bei völliger geistiger Klarheit, voll Liebe für die Kunst, ohne Haß für die anderen.

»Rudi, als Gauguin ›Vincent‹ sagte, war seine Stimme sehr weich.«
Rudi sagte: »Ich glaub dir.«
Wir schwiegen, und auch der Regen war jetzt sehr leise. Der Kanal war unbeweglich, als ob er dem Brief zugehört hätte. Plötzlich flogen die nassen Möwen vom Kanal auf, umkreisten uns einmal und flogen in den Himmel, als wollten sie die Wörter von van Gogh und Gauguin zu anderen Orten bringen. »Weißt du, Rudi, van Gogh benutzte zwei Stühle. Auf den einen setzte er sich, den anderen rückte er sich gegenüber und stellte darauf das Bild oder die Zeichnung, an der er gerade arbeitete.«
»Vielleicht waren es die Stühle, auf denen wir jetzt sitzen.«

Zu Hause sah ich aus dem Fenster zum gegenüberliegenden Haus herüber. Der Mann saß wieder auf seinem Stuhl und tippte. Den Hund und die Frau im schwarzen Rock sah ich in dieser Nacht nicht.
Am Morgen rief ich Rudi an.
»Rudi, kennst du eine Sauna, ich muß mich massieren lassen. Ich habe Nacken- und Rückenschmerzen.«
»Wie hast du das geschafft?«
»Ich habe lange aus dem Fenster geschaut. Mein Nachbar saß die halbe Nacht am Tisch und tippte. Ich habe mich vielleicht mit seiner Konzentration identifiziert.«
»Es gibt in der Nähe des Bahnhofs die wunderschönste Sauna der Stadt. Sie heißt ›Oibibio‹.«
Von der Terrasse der Sauna sah man die ganze Stadt. Die Häuser standen nun nicht in Reihen, sondern eines schaute nach rechts, das daneben nach links, und sie sahen so aus, als ob sie sich, um die in verschiedene

Richtungen fahrenden Schiffe zu sehen, dauernd umgedreht hätten. Aus den zwei Fenstern des Dampfbads sah man die in den Bahnhof einfahrenden Züge. Der Masseur kam und holte mich zur Massage.
»Are you from Israel?«
»No, from Turkey. But I thank you. I find Israelian women very expressive.«
Er sah wie einer der Männer aus, die van Gogh gemalt hatte. Ob er das weiß? Er hieß Harry.
»Ich kenne diese Massage nicht. Was ist das?«
Harry trank zwischendurch ein Glas Wasser.
»Shiatsu. Ich war in Indien, Japan, China, dann war ich wieder in Indien. Ich mische alle Massagen aus diesen Ländern.«
Harry lachte nach seinem Satz, als ob er sich zu sehr gelobt hätte und sich jetzt über sein Lob amüsierte. Dabei hatte er nur die Arbeit, die er machte, beschrieben.

Van Gogh schrieb an Theo, am 24. September 1880:

Noch etwas habe ich auf jenem Ausflug gesehen: die Weberdörfer.
Bergleute und Weber sind ein Menschenschlag für sich, anders als andere Arbeiter und Handwerker; ich empfinde große Sympathie für sie und würde mich glücklich schätzen, wenn ich eines Tages diese noch unbekannten oder fast unbekannten Typen so zeichnen könnte, daß sie bekannt würden.
Der Mann aus der tiefsten Tiefe, »de profundis«, ist der Bergmann; der andere mit der grübelnden, beinah träumerischen, beinah nachtwandlerischen Miene ist der Weber. Nun lebe ich schon bald zwei Jahre unter ihnen und habe ihre eigentümliche Wesensart kennengelernt, wenigstens

die der Grubenarbeiter. Und mehr und mehr finde ich etwas Herzbewegendes, ja sogar Herzzerreißendes in diesen armen, ungekannten Arbeitern.

»Harry, darf ich Ihnen meine Bücher schicken lassen?«
»Das wäre für mich sehr schön.«
In der Saunabar saßen Menschen in Tücher gehüllt an einem langen Tisch, es roch nach indischen Räucherstäbchen, und sie sahen aus, als würden sie gerade meditieren. Ich nahm ein Fußbad. Neben mir saßen zwei Männer. Still. Einer trug eine Brille und schaute fast in sich hinein. Später sah ich ihn im Nebel im Dampfbad. Hinter seinem Kopf sah ich durch die Fenster wieder die in den Bahnhof einfahrenden Züge. Es sah so aus, als ob er gerade auf eine große Reise gehen wollte, und er sagte:
»Ich habe Ihre Bücher gelesen. Wunderschön.«
Als er später ging, empfahl er der Frau, die am Empfang arbeitete, meine Bücher.

In der Nacht schaute ich zum Nachbarhaus. Der Mann saß und tippte. Ich telefonierte im Bett mit meinen Freunden aus Deutschland.
»Wie findest du Amsterdam?«
Einer sagte: »Amsterdam ist die schönste europäische Stadt.«
Die andere sagte: »Die Stadt ist sehr schön, aber was die Holländer jetzt mit Tomaten machen, ist nicht gut.«
Am nächsten Tag lief ich wieder durch die Straßen. Die Geschäfte waren immer voll, die Menschen liefen in die Boutiquen rein und kamen wieder heraus, die Parallelstraßen, in denen es keine Geschäfte gab, waren leer. Ich

dachte, nachdem ich ein paar Tage in der Stadt herumgelaufen war, daß Amsterdam ein Schiff ist. Die Leute kaufen für eine große Reise ein, aber das Schiff kann nicht losfahren. Der Speisesaal ist immer voll mit Menschen, die Bars sind voll, und die Korridore zu den Zimmern sind leer. Amsterdam könnte eine Miniatur der Arche Noah sein. Wenn die Sintflut kommt, gibt es hier alle Rassen und Sprachen. Aber das Schiff kann nicht losfahren.
Abends ging ich mit Rudi ins Kino. Im Vorraum warteten Männer in großen Ledersesseln auf den Film, auf den Tischen gab es Teppiche. Auch das sah so aus, als ob die Männer in einem Schiff säßen. Oder wie in Frans Hals' Bild ›Festmahl der Offiziere‹.

Wer sind diese Männer? Sie sind, wie wir vermutet haben, keine Soldaten. Obwohl die Bürgergarden ursprünglich Kampftruppen waren, sind sie schon längst zu rein zeremo-

niellen Klubs geworden. Diese Männer gehören den reichsten und mächtigsten Handelsfamilien in Haarlem an, einem Zentrum der Textilmanufaktur.
Haarlem liegt nur achtzehn Kilometer von Amsterdam entfernt, und Amsterdam ist zwanzig Jahre zuvor plötzlich auf spektakuläre Weise zur Finanzhauptstadt der gesamten Welt geworden. Hier werden Spekulationen mit Getreide, Edelmetallen, Devisen, Sklaven, Gewürzen und Handelsgütern jeder Art in einem Maßstab und mit einem Erfolg getätigt, der dem übrigen Europa nicht nur den Atem raubt, sondern es auch in Abhängigkeit vom holländischen Kapital bringt.
Neue Energie wurde freigesetzt und eine Art Metaphysik des Geldes geboren. Das Geld erzeugt seine eigene Tugendhaftigkeit – und legt, zu seinen Bedingungen, auch eine eigene Toleranz an den Tag. (Holland ist der einzige Staat in Europa, wo niemand wegen seiner Religion verfolgt wird.) Alle herkömmlichen Werte werden entweder außer Kurs gesetzt oder eingeschränkt und so ihres Absolutismus beraubt. Die Holländischen Generalstaaten haben offiziell erklärt, daß die Kirche in Sachen Wucher im Bankgewerbe unzuständig ist. Holländische Waffenhändler verkaufen bedenkenlos Waffen, und zwar nicht nur an jede Partei in Europa, sondern auch, mitten in den unerbittlichsten Kriegen, an ihre eigenen Feinde.
Die Offiziere der St. Georgs Schützengilde von der Haarlemer Bürgergarde gehören zur ersten Generation, die vom modernen Geist des freien Unternehmertums erfüllt ist.
Die Offiziere benehmen sich fröhlich, laut und ausgelassen. Ihr soldatischer Anstrich geht eher aus der Abwesenheit von Frauen und aus ihren Uniformen hervor als aus ihren Gesichtern oder Gesten, die für Soldaten im Dienst zu umgänglich sind. Und wenn man die Sache näher

bedenkt, wirken die Uniformen seltsam ungetragen. Die Soldaten trinken sich gegenseitig ewige Freundschaft und Vertrauen zu. Auf gute gemeinsame Geschäfte.

Nach dem Kino liefen wir wieder zu den Schwulenkneipen und zählten, wieviel Kunden heute nacht gekommen waren, dann gingen wir zu der Kneipe, die immer voll war. Oben vor den Toiletten saß immer die gleiche blonde Frau mit Brille und las Zeitung, und wenn man auf den Teller einen Gulden legte, bedankte sie sich wie eine Königssekretärin. Rudi erzählte mir an der Bar von seinem Liebeskummer. An der Bar und an den Wänden hingen viele kleine und große Spiegel. Wir redeten und sahen uns in mehreren Spiegeln gleichzeitig. Vierzig Spiegel voller Liebeskummergeschichten.
Dann liefen wir in Richtung Café, wo die beiden Stühlen standen. Die Stühle standen heute nacht nicht mehr auf der Straße.
Zu Hause sah ich vom Bett aus mein Nachbarhaus. Der Mann, der immer tippte, war heute nacht nicht da. Das Licht war an, und der große Hund lief dort hin und her.
Am nächsten Tag ging ich als erstes zu den Stühlen. Wieder standen sie nicht da. Ich ging in die Einkaufsstraßen, und ein blinder, junger, schöner Mann rannte durch die Leute und sang laut. Eine Weile lief ich hinter drei Männern her, die so aussahen wie Penner, aber nicht aus der Stadt, eher aus einem Dorf. Van Gogh sah ihnen ähnlich.
Weil die Stühle nicht mehr da waren, ging ich wieder zur Sauna und legte mich auf Harrys Massagebett. Harry sagte: »Danke, die Bücher sind gekommen. Ich lese sie. Woher haben Sie soviel Phantasie?«

»Harry, wie war Ihr Leben, war es schön?«
»Ja, mein Leben war sehr schön. Ich war das achte Kind. Das letzte. Ich war der Spielbube für meine Geschwister. Im Dorf gab es neben unserem Haus eine Burg. Da soll früher ein Marquis gewohnt haben. Ein alter Mann.«
»Zweihundert Jahre alt?«
»In deinem Buch wäre es so gewesen. Er war alt und heiratete eine sehr junge Frau. Meine Eltern erzählten mir, daß diese junge Frau jeden Abend nach Deutschland fuhr. Unser Dorf lag ganz nah an der deutschen Grenze. Sie tanzte dort die ganze Nacht und kam am nächsten Morgen zur Burg zurück. Das war damals das Kino für meine Eltern.«
»Und diese junge Marquise verlor einen ihrer holländischen Holzschuhe beim Tanzen in Deutschland und kam hinkend zum Dorf zurück.«
»Sie hatte ein Auto.«
»Wie lange können Sie diesen Beruf machen, Harry?«
»Man kann auch massieren, wenn man alt ist. Ich werde wieder nach Indien und Japan fahren, um von alten Meistern andere Systeme zu lernen.«
»Lassen Sie sich auch von anderen Kollegen massieren, um körperlich zu erfahren, was Sie machen?«
»Ja, wir massieren uns gegenseitig.«
»Van Gogh und Gauguin haben sich auch gegenseitig gemalt. Wissen Sie, Harry, Sie sehen aus, als hätte van Gogh Sie gemalt. Wenn ich aus Amsterdam wieder wegfahre, nimmt man aus einer Stadt immer ein, zwei Gesichter mit. Sie sind eines dieser Gesichter aus Amsterdam. Lieben Sie Amsterdam?«
»Oft.«
Später, als ich ein Fußbad nahm, kam Harry hoch. Die Leute meditierten, lagen auf japanischen Matten. Eine

schwangere Frau wog sich. Zwei schwule Männer schauten begeistert auf ihren Bauch. Harry sagte:
»Ich habe eine halbe Stunde Pause. Willst du einen Tee?«
»Harry, erzähle mir noch von deiner Familie.«
»Meine Mutter war 46 Jahre alt, als ich geboren wurde. Nach drei Tagen lag meine Mutter noch im Bett, so machten die Frauen das damals, dann fuhr mein Vater mit mir zur Taufe in die Kirche. Mit dem Pferdewagen des Marquis. Es war ein sehr alter Wagen, meine Mutter hat sich sehr geschämt.«
»Waren die Pferde alt?«
»Ich weiß es nicht. Vielleicht waren die Pferde sehr alt. Mein Vater hatte auch Pferde, während des Krieges wohnten in der Burg der Marquise die deutschen Offiziere. Als sie weggingen, haben sie drei Pferde meines Vaters mitgenommen. Mein Vater ging nach Deutschland, um die Pferde zu suchen, aber er hat sie nicht mehr gefunden. Später fand mein Vater es komisch, daß er die Pferde gesucht hatte. In Deutschland hat er zum ersten Mal einen Schwarzen gesehen. Einen Amerikaner.«
»Gibt es diese Burg noch?«
»Ja, aber die Marquise hatte zwei Söhne, die beide verarmt sind. Einer ist Alkoholiker, der andere wohnt im Haus meines Onkels, und die Burg ist heute ein Sextauschclub.«
»Partnertausch?«
»Ja, ja. Ja, was soll ich erzählen. Ich hatte eine Großmutter, sie war Hellseherin, Heilerin.«
Die Frau, die am Saunaempfang arbeitete, nahm von mir kein Geld, sagte:
»Laß mich dich einmal umarmen, ich werde mir deine Bücher von Harry leihen und lesen.«

Sie umarmte mich, und Harry lud mich in einen Jazzclub ein.
Er sagte: »Woody Allen geht zu seinem Psychiater, du gehst mit deinem Masseur Jazz hören.«
»Harry, ich kenne einen katalanischen Schriftsteller. Juan Goytisolo. Er ist mein Freund. Seine Bücher sind ins Türkische übersetzt worden. Wenn er nach Istanbul fährt, geht er zu seinem türkischen Verlag immer mit seinen Freunden, türkischen Ringern. Plötzlich sitzen Ringer in einem Verlag. Er ist immer mit ihnen zusammen, nicht mit den Schriftstellern.«
Die schwarzen Amerikaner spielten Jazz, ein holländisches Mädchen blies auf der Trompete.
»Schönes Mädchen«, sagte Harry. Auf dem leeren Hokker mir gegenüber setzte sich ein Mann. Er sagte:
»Darf ich mich in die Nähe der Liebe setzen?«
Harry sprach zu sich: »Sind wir die Liebe? Ja, vielleicht.«
Der Mann sagte zu mir: »Du bist Jesuitin, ich bin Jude.«
»Bin ich Jesuitin?«
»Yes, you are a beautiful woman.«
Dann zeigte er uns seinen kleinen Finger. Er war gekrümmt.
»Ich war Pilot in Arabien. Meine Maschine ist abgestürzt. Ich will nicht Deutsch reden. Kannst du nicht Holländisch?«
»Nein, leider noch nicht. Nur Englisch oder Französisch.«
Er sagte noch ein paarmal: »Ich will nicht Deutsch reden«, aber er redete weiter Deutsch.
»Kafka hat auch Deutsch gesprochen.«
Er lud mich ein, am nächsten Tag mit nach Arabien zu fliegen.

Ich dachte, ich befinde mich hier in einem Hafen, die Männer sprechen so leicht die Mädchen an. Der Pilot sagte:
»Entschuldigung, ich habe Liebeskummer.« Und ging.
»Hattest du auch Liebeskummer, Harry?«
»Ja, öfter, zuletzt mit einer Französin. Egal welche Sprache, der Liebeskummer ist gleich.«
»Mein Freund Rudi hat auch Liebeskummer.«
Ich nahm ein Taxi, Harry fuhr mit dem Fahrrad nach Hause.
Sollte ich zu der Stelle am Kanal gehen, wo ich vor zwanzig Jahren auf dem Eis ein Fahrrad gesehen hatte? Die Stühle sind nicht mehr da.
»Können Sie kurz hier anhalten?«
Ich beugte mich zum Kanal hinunter, kein Mensch war auf der Straße, das Wasser war dunkel, der Taxifahrer rauchte. Plötzlich bremste ein Fahrrad neben mir. Harry.
»Willst du, daß wir morgen zum Van Gogh Museum gehen, morgen habe ich frei?«
»Ja, sehr gerne.«
Er fuhr wieder los mit dem Fahrrad. Ist sein Fahrrad das Fahrrad, das ich jetzt hier suche?

Am nächsten Tag fragte mich Harry vor einem Selbstportrait von van Gogh als erstes: »Wie geht es deinem Freund Rudi, der Liebeskummer hat?«
»Ich glaube gut.«
»Mir geht's auch gut. Ich habe sehr gut geschlafen.«
»Guck mal, Harry, der Museumswächter. Das ist ein Beruf, der mich traurig macht. Sie sind wie ein unscharfes Bild. So viele Menschen sind hier, und keiner schaut ihn an.«
»Ich schaue sie immer an, ich spreche mit ihnen.«

»Harry, frag ihn mal, wo Frans Hals' Bilder sind.«
Der Wächter begleitete uns hin, setzte sich auf einen Stuhl und beobachtete uns. Ich lächelte ihm zu, er streckte seine Beine aus. Harry sagte: »Ich liebe den Maler Vermeer.«
Wir fragten den Wächter nach ihm. Er kam mit uns und schaute sich Vermeer mit uns zusammen an. Harry sagte zu ihm: »Wie ein Theater, wie eine Inszenierung.« Er nickte.
»Harry, ich sehe auf den Straßen noch Mädchen wie aus den Vermeer-Bildern.«

Harry war bis 22 Uhr in der Nacht mit mir auf den Amsterdamer Straßen, wir gingen in die engen Gassen der Nutten, sie lächelten erst Harry an, dann mich. »Hast du gesehen, so ein schönes Mädchen, sie hat mich angelächelt.«
»Mich auch, Harry. Weißt du Harry, Amsterdam kam mir manchmal so unwirklich vor. Manchmal ist es eine Stadt, manchmal ein Schiff, das auf dem Wasser liegt und mit Händen nicht zu fassen oder zu halten ist, manchmal ist es so klein wie eine Puppenstube, und wir sind zwei Riesen. Guck mal, wir laufen hier zwischen China, Thailand, Surinam, Nutten. Wo sind die Seemänner?
Harry, weißt du, Paris ist für mich eine kalte Stadt, als ob sie aus Luxusfriedhofssteinen erbaut ist, wie Père Lachaise. Amsterdam sah manchmal schön aus, manchmal wie ein muffiger Blumentopf oder wie ein religiöses Schiff.«
»Die Mutter meines Vaters war sehr religiös. Ihr Mann war sehr früh gestorben. Als mein Vater meine Mutter heiratete, schlief dessen Mutter im Nebenzimmer und ließ in der Nacht die Tür zum Schlafzimmer meiner Eltern offen. Aber trotzdem haben sie acht Kinder ge-

macht. Meine Großmutter schickte meine Mutter immer zur Arbeit, auf die Felder oder zu den Kühen, Schweinen oder Pferden. Sie konnte ihre Kinder nie in den Armen halten. Als ich auf die Welt kam, war meine Großmutter kurz vorher gestorben. So konnte meine Mutter mich in ihre Arme nehmen, mich lieben. Ich war fast ihr erstes Kind.«
»Liebst du deine Mutter, Harry?«
»Ja, ich liebe sie. Ich war ein Jahr lang in Indien. Alle lebten auf der Straße. Dort habe ich gedacht, eine Mutter, ein Vater, eine schöne Kindheit, und man braucht nicht viel Geld zum Leben. In den indischen Straßen existierten der Tod und das Leben nebeneinander, leicht, als ob das Leben aus Licht sei.«
»Harry, ich war 17, 18 Jahre alt, als ich nach Berlin kam. Ich liebte die Stadt, aber das Licht, in dem langsam der Tag zum Abend wurde, war für mich schwer zu ertragen. Ich hatte als Kind gesehen, wie meine Mutter und meine Großmutter im Dunkeln saßen und warteten, daß mein Vater zurückkam, und als er da war, machten sie sofort das Licht an. Alles fing an, wieder lebendig zu werden, der Wasserhahn lief, Teller und Gabelgeräusche, die Suppe rauchte, das Fleisch wurde mit Thymian gebraten. Einmal ging ich in der Abendzeit in Berlin an einem Haus vorbei und hörte aus einer Wohnung Teller- und Gabelgeräusche. Eine Familie war beim Essen. Ich fing laut zu weinen an. Für mich ist die Abendzeit noch immer schwer zu ertragen.«
Harry hatte zwei wunderschöne Augen und weinte.
»Harry, grüß deine Mutter von mir. Seitdem ich selbst keine Mutter habe, liebe ich die Mütter meiner Freunde. Ich muß morgen nach Deutschland zurück.«
Harry ging zu seinem Fahrrad, ich lief Richtung Straßenbahn, er kam nochmals zu mir zurück und gab mir zwei

Küsse. Ich rief aus der Straßenbahntür: »Harry, woher hast du dein Fahrrad?«
»Ich hab es gekauft.«

Ich fuhr nach Hause und ging noch zu der Bar, in der ich am ersten Tag mit meinen Einkaufstüten gesessen hatte. Die Bar war voll, weil an diesem Abend die holländische Fußballmannschaft Ajax spielte. In der Bar gab es drei große Fernseher, alle zeigten das Fußballspiel. Die Männer standen wieder in Gruppen wie auf Frans Hals' Bildern und schauten sich das Spiel an, tranken, lachten. Ich saß an der Bar, trank Bier, Ajax gewann, die Fernseher wurden ausgemacht. Ich muß morgen Amsterdam verlassen. Meine letzte Nacht.

Anton Hirschig erinnerte sich an van Gogh:

Und nie werde ich vergessen, wie er hereinkam, die Hand an den Leib gepreßt, als wir mit dem Essen auf ihn gewartet hatten.
»Aber Monsieur Vincent, wo sind Sie denn gewesen, was haben Sie denn?«
»Alles hat mich angeödet, und da hab ich mich umgebracht!«
Ich sehe ihn in seinem kleinen Bett, in der kleinen Mansarde, wo ihn die furchtbarsten Schmerzen peinigten.
»Aber ist denn keiner da, der mir den Bauch aufschneidet?«
Eine glühende Hitze war da unterm Dach.

Die Barhocker waren wieder leer. Die Bartür ging auf und zu, frische Seeluft kam herein, dann hörte ich wieder die Musik. Mein Mantel lag auf dem Barhocker neben mir, zwei Hände legten sich darauf.

»Setzen Sie sich, ich nehme meinen Mantel weg.«
Ich nahm meinen Mantel weg, aber er setzte sich nicht hin. Er guckte vor sich hin, dann nahm er aus meinem Päckchen eine Zigarette und gab mir von seinen eine.
»Holländischer Tabak? Where are you from?«
Er sprach mich mit einer Hollywoodstimme wie von Humphrey Bogart an. Ich antwortete ihm in einer Stimme wie von Lauren Bacall.
»From Turkey.«
»I'm from here. Have you got a boyfriend?«
»Two.«
»I have one girlfriend, but tonight she said to me: ›You are a farmer.‹ Are you cynical? No, you are ironic.«
»What is your name?«
»Bartje.«
»What is the meaning?«
»There is no meaning. Only Bartje. And you?«
»My name means love.«
»You are beautiful, you are lovely. How old are you?«
»Two hundred years old.«
»Do you know my grandfather?«
»Yes, he was my teacher. Bartje, do you love Amsterdam?«
»Sometimes.«
Bartje wackelte ein bißchen und hatte ein sehr schönes Gesicht. Vielleicht hatte seine Freundin recht. Er war ein bißchen wie ein Bauer, etwas Steve McQueen.
»You look like Steve McQueen.«
»Big compliment.«
Ich log ihn an, sagte:
»Steve MacQueen also was the son of a farmer. Maybe your girlfriend thought that you are like Steve McQueen.«
»That would be nice.«

Bartje zog einmal an seiner Zigarette, warf sie dann weg, um sofort die nächste zu rauchen. Er hatte drei Päckchen bei sich, nahm von dem einen, dann von dem anderen, dann von meinem und fragte den Barjungen, ob er Zigarren hätte. Wir rauchten dicke Zigarren, bliesen den Rauch nach oben, bis wir uns fast nicht mehr sehen konnten.
Er hatte auch Liebeskummer, wie Harry und Rudi und der jüdische Pilot mit dem verkrüppelten Finger.
Als die Bar zumachte, gingen wir raus auf die Straße, zusammen mit dem Rauch.
Beide wackelten wir und lachten.
»Bartje, this is my last night in Amsterdam. Look, *de maan*. Beautiful«, *leuk gewoon leuk*.
»You are beautiful, dark woman.«
Bartje stieg auf sein Fahrrad, wackelte.
»Are you sure, your bicycle will take you home?«
»Yes. I fished it from the frozen canal. Somebody had thrown it in there. No matter how drunk I am, it will take me home, like a donkey who finds his way back.«
»I believe you Bartje, your bicycle is a donkey.«
Bartje fuhr mit dem Fahrrad, das er aus dem Kanal gefischt hatte, weg. Ich machte Eselsstimmen nach. »I a, i a.« Bartje rief »I a, i a«, dann wie Humphrey Bogart in Casablanca: »Look into my eyes babe.«
»Good bye Bartje,
good bye donkey,
good bye Amsterdam,
Tut sins.«

Franz

Franz ist seit einem Monat tot. Er war 89 Jahre alt, als er starb, er war 79 Jahre alt, als ich ihn zum ersten Mal sah. Er wollte meinen Vornamen richtig aussprechen. Er übte »Sevgi, Sevgi, Sevgi«, sagte dann wieder »Sefti«. Er lebte im Wohnzimmer seiner Tochter, seine andere Tochter war sehr jung gestorben, ihr eingerahmtes Bild stand auf einem kleinen Tisch, ein trockener Kranz hing neben ihrem Bild. Sie hatte Krebs gehabt. Dieses Photo. Sie lachte dort. Als ob sie gerade den Satz einer Marktfrau sehr lustig fand. Ich dachte, nicht sie, sondern dieser Kranz hat Krebs. Ich setzte mich, wenn ich den Franz besuchte, neben dieses Bild und diesen Kranz, damit ich ihn nicht sah.
Das Wohnzimmer war arm. Franz saß immer auf demselben Sessel. Fettig, ungemütlich, zu lang, zu breit. Die Haare gut gekämmt, saß er da so artig, als ob das Fernsehen ihn gerade filmen würde. Er hatte auch immer die Fernbedienung in der Hand, sprang von einem Programm zum anderen und erzählte mir, was gerade im Fernsehen gesagt wurde. Er dolmetschte zwischen mir und dem Fernsehen.
Als wir uns kennengelernt hatten, war Franz' erste Frage gewesen: »Wissen Sie, wo die Stadt Smyrna ist?« Irgendwann wußte ich dann, warum er das fragte. Einmal lud der Franz mich zum Kaffeetrinken ein, ich saß in seinem Wohnzimmer, es klingelte, und ein türkischer Junge kam rein. Franz gab beim Kaffeetrinken dem Jungen, einem Sohn von seinem Arbeitskollegen, der bei der Firma Weigel zwanzig Jahre lang gearbeitet hatte und vor mehreren Jahren unter ungeklärten Umständen entlassen worden war und für immer in die Türkei in die

Stadt Smyrna zurückgekehrt war, die Todesanzeige von dem Firmenbesitzer, Herrn Weigel, als Geschenk für seinen türkischen Vater mit und sagte dabei: »Hier, nehmen Sie das für Ihren Vater mit in die Türkei, mehr habe ich im Moment nicht, das schenke ich Ihrem Vater, grüßen Sie Ihren Vater, er war ein wunderbarer Kamerad.«

Franz sprach diese Sätze sehr leise und gab dem türkischen Jungen die Todesanzeige fast heimlich, und vorher machte er das Fernsehen aus, als ob er Angst vor dem Fernsehen hätte, daß es ihm mit seinen Polizisten zuhören würde. Franz besuchte mich einmal, er wollte wissen, wie ein Lamm schmeckt. Ich briet eine Lammkeule, er saß am Tisch auf einem roten Stuhl, den ich, als ich in einem Schauspielhaus gearbeitet hatte, von einem Techniker als Geschenk bekommen hatte. Der Techniker hieß Hannes. Hannes fragte mich eines Tages, was »Guten Tag« auf türkisch heißt. Ich sagte »Merhaba«. Er schrieb mit einer Kreide an die Dekorationsteile und an die Wände des Theaters das Wort »Merhaba« und dirigierte die anderen Techniker jeden Morgen, brachte ihnen das Wort »Merhaba« bei, damit alle Techniker mich mit diesem Wort begrüßen konnten. Einmal sagte Hannes vor dem Theater-Pförtner zu mir: »Emine, ich überlege mir ein sehr schweres Wort, und du sagst mir, wie es auf türkisch heißt.« Am nächsten Tag fragte er mich lachend: »Emine, Emine, sag mal, was heißt denn auf türkisch Endiviensalat?«

Franz saß auf dem Stuhl, den der Techniker Hannes mir geschenkt hatte, und sang ganz leise: »Dies Bildnis ist bezaubernd schön...« Ich hörte nur »iii« und »aaa«. Franz' Augen waren zu, als ob er diese Stimmen aus seinem Körper nur mit geschlossenen Augen herausholen könnte. Dort auf dem Hannes-Theaterstuhl erzählte mir

der Franz zum ersten Mal einen Moment aus seinem Leben.
»Sefti, wir kamen in einer Kaserne an, am nächsten Tag mußten wir nach Rußland, wir mußten draußen im Hof der Kaserne übernachten, es ging uns schlecht, Sefti, wir hatten Hunger, jemand sagte: Es gibt ein Faß voller Honig. Die Soldaten haben sich geprügelt. Ich habe meine beiden Hände in das Faß getaucht, habe von dem Honig gegessen. Es war aber kein Honig, es war Fliegenleim. Ein paar Soldaten sind gestorben. Sefti, wenn du gesehen hättest, wie schlimm es mir ging. Mich haben sie so in den Zug nach Rußland geworfen und gesagt – überleg dir, Sefti, die deutschen Offiziere –, ich soll zufrieden sein, daß sie mich nicht erschossen haben, weil ich heimlich aus diesem Fliegenleimfaß gegessen habe. Ich kam mit acht Kilo weniger raus aus dem Zug. Sie haben mich zu den Toten geschmissen. Ich lag zwischen den Toten. Eine Russin half mir, gab mir Milch.« Als er »Überleg dir, Sefti« sagte, weinte sein ganzer Körper, nicht seine Augen. Franz' Körper wurde zu einem erzählenden, fragenden Körper, als ob er sich in seinem armen Wohnzimmer niemals erlaubt hätte, darüber zu reden. Er war bei mir wie auf einer Bühne, auf einem Theaterstuhl. Vor einer Zuschauerin, die ihm nicht gefährlich war.
Wenn ich manchmal mit einem Nachtzug durch die Stadt, in der er gelebt hat, komme, wache ich auf, weine um Franz, weil er vielleicht vor dem Fernseher in seinem Zimmer Angst gehabt hat.

Einmal sagte das Fernsehen: »Wir müssen unsere ausländischen Mitbürger vor Ausländerfeindlichkeit schützen«, oder so etwas Ähnliches.
Am nächsten Tag ging ich auf die Straße. Die Straßen-

bahn fuhr vorbei. Ich dachte: Alle Menschen gucken jetzt auf mich, und ich dachte: »Jetzt denken sie, daß sie mich schützen müßten, jetzt haben sie Angst.« Dann hatte ich Angst, daß sie Angst haben.

Die neuen Friedhöfe in Deutschland

Ungefähr vor vierzig Jahren kamen die Gastarbeiter nach Deutschland.
Ich liebe das Wort Gastarbeiter, ich sehe immer zwei Personen vor mir. Einer ist Gast und sitzt da, der andere arbeitet.
Die Italiener, Griechen und Türken waren damals zwanzig oder dreißig Jahre alt, viele von ihnen sind schon gestorben, und oftmals konnte man die Toten nicht in ihre Länder zurücktragen. Die Türken in Deutschland erzählten sich oft diese Anekdote:

Zwei Brüder arbeiteten in Deutschland. Ihr Vater kam aus der Türkei zu Besuch und starb hier. Die beiden Brüder überlegten: Zu zweit mit einem Toten im Sarg in die Türkei zu fliegen, kostet zu viel Geld. So suchten sie einen großen Karton, legten den toten Vater in diese Fernsehverpackung (Schaub-Lorenz), banden die Kiste auf den Gepäckträger ihres Autos und fuhren los. In einem Wald in Jugoslawien machten sie eine Pause und legten sich schlafen. Am Morgen war die Schaub-Lorenz-Kiste gestohlen.

Heute reden manche Türken schon von Friedhöfen, die man in Deutschland bauen könnte, mancher Tote will gar nicht mehr nach Hause zurückkehren.

Noch heute ist es für einen Türken, der hofft, in Deutschland Arbeit zu finden, am besten, die Türkei mit einem Arbeiterpaß zu verlassen, um eine Arbeitserlaubnis zu bekommen. In den letzten vierzig Jahren versuchten aber auch viele Türken, mit einem Touristenpaß nach Deutschland einzureisen. Touristenpässe waren an der deutschen Grenze verdächtig, deshalb mußte man sich etwas einfallen lassen. Zum Beispiel verkleideten sich manche Männer als türkische Fußballmannschaft.

Aus meinem ersten Theaterstück »Karagöz in Alamania« (Schwarzauge in Deutschland):

Grenze zu Deutschland.

> Der Paßbeamte fragt: »In die Bundesrepublik?«
> Fußballer: »Bunepislik.«
> »Was ist der Zweck Ihrer Einreise?«
>
> »Futbol-Futbol: Fenerbahce.«
> Der Paßbeamte fragt: »Ein Gastspiel?«
> »Nix Gast, nix Arbeit. Fenerbahce.«

Man erzählte auch von neun türkischen Männern mit Touristenpässen, von denen sich acht vor der schwedischen Grenze mit Fracks verkleideten. Nur einer behielt seinen normalen Anzug an. Er kam bei der Paßkontrolle durch, die anderen wurden zurückgewiesen.

Giovanni Sgognamillo schrieb vor zehn Jahren über die Istanbuler Levantiner (sie waren vor einigen Generationen aus Italien nach Istanbul gekommen):
Wenn ein Levantiner sich von der türkischen Polizei bedroht fühlte, warf er seinen italienischen Paß vor den Polizisten auf den Boden und stellte sich mit einem Fuß darauf. Das bedeutete: ich befinde mich in Italien. Der Paß bedeutete: ein anderes Land. Ob der Fuß auf dem Paß wirklich geholfen hat, weiß ich nicht.

Ein Türke, den ich kannte, war mit einer deutschen Frau verheiratet, eine Liebesheirat. Er hatte Angst vor dem türkischen Militär und ließ sich vor vielen Jahren aus der Türkei ausbürgern, um einen deutschen Paß zu bekommen. Seit zwölf Jahren war er nicht mehr in der Türkei. Vor Sehnsucht nach seiner Familie betrank er sich in diesen zwölf Jahren jeden Monat zwei Tage lang. Dann weinte er, sang auf türkisch und sagte zu mir: Ich habe wie die Frauen meine Tage. Seine Angst vor dem türkischen Militär war größer als sein Vertrauen in den deutschen Paß.
Um einen deutschen Paß zu bekommen, müssen die Türken, wenn sie lange genug in Deutschland gearbeitet haben, erst ihre türkische Staatsbürgerschaft aufgeben. Aber das ist ein Spiel. Die türkischen Behörden in Deutschland sagten oft: »Laßt euch ausbürgern, anders geht es nicht. Die Deutschen akzeptieren nicht, daß ihr zwei Pässe habt. Wenn ihr dann Deutsche seid, nehmen wir euch wieder rein.«
Die deutschen Behörden kannten das Spiel. Manche Beamten sagten sogar: »Sie bekommen dann und dann Ihren deutschen Paß, dann gehen Sie zu Ihrem Konsulat und holen sich wieder Ihren türkischen Paß.«

Wenn ich in meinen abgelaufenen türkischen Pässen blättere, ist jeder Stempel mit einer Geschichte verbunden.
Mein erster Paß war ein Touristenpaß. Als ich in Westberlin ein Engagement an der Schaubühne bekam und eine Arbeitserlaubnis brauchte, mußte ich mit meinem Vertrag zum türkischen Konsulat in Berlin gehen. Dort schrieb ein Beamter mit der Hand in meinen Paß, daß ich in Berlin eine Arbeit gefunden hätte und meinen Lebensunterhalt selbst bestreiten könnte. Dann

stempelte er die Seite und unterschrieb. Mit diesem Vermerk in meinem Paß wurde ich nach Istanbul geschickt, wo das deutsche Konsulat mein Engagement an der Schaubühne genehmigen mußte. Mit dieser Bescheinigung mußte ich dann zur türkischen Paßbehörde, um die Bezeichnung »Tourist« in »Arbeiter« ändern zu lassen.
Als ich mit meinem Touristenpaß zum türkischen Konsulat in Berlin gegangen und dem Beamten meinen Vertrag mit der Schaubühne gezeigt hatte, saß im Zimmer des Beamten eine berühmte türkische Sängerin, die für ein Konzert nach Berlin gekommen war. Ihre Haare waren blond gefärbt, und der Beamte flirtete mit ihr. Um dabei nicht unterbrochen zu werden, diktierte er mir, während er in ihre Augen schaute, die Sätze, die er eigentlich selbst in meinen Paß zu schreiben hatte. Vor der Sängerin drückte er sich besonders höflich und umständlich aus, und so schrieb ich mit meiner eigenen Handschrift in meinem Paß eine ganze Seite voll. Dann stempelte er sie und unterschrieb, ohne zu lesen.

Der Chef der Paßbehörde in Istanbul, der die Eintragung »Tourist« in »Arbeiterin« umwandeln mußte, sagte zu mir: »Aber meine schöne Dame, sie können keine Arbeiterin sein. Mit diesen Augenbrauen, diesen Augen und diesen Haaren und ihrem Gazellengang.«

Ich flehte ihn an, und endlich schrieb er »Arbeiterin« in meinen Paß.
Als eine Freundin an der Schaubühne kurz darauf in meinem Paß die Seite mit meiner Handschrift sah, sagte sie zu mir: »Ich wußte gar nicht, daß dein Paß auch dein Tagebuch ist.«

Seit drei Jahren besitze ich den deutschen Paß. Ich muß wegen meiner Bücher sehr oft ins Ausland fahren und müßte mit meinem türkischen Paß fast für jedes Land Visa beantragen. Der türkische Paß ist an den Grenzen soviel wert wie die türkische Lira. Mit dem deutschen Paß kommt man in jedes Land.
Vor vielen Jahren fuhr ich mit Freunden aus Deutschland zu einer Theaterpremiere von Matthias Langhoff in die Schweiz. Das Auto, mit dem wir fuhren, war ein alter Jaguar wie aus dem Hitchcockfilm »Vertigo«. Jaguar MK 2, Jahrgang 63. Weil wir erst ganz kurz vor Beginn der Aufführung ankamen, mußten wir das Auto sehr schnell irgendwo parken. Der Freund, dem das Auto gehörte, war sehr besorgt, daß die Schweizer Polizei den Jaguar abschleppen könnte. Der Regisseur Matthias Langhoff sagte zu ihm: »Mach dir keine Sorgen, als Jaguarbesitzer kannst du für die Schweizer kein schlechter Mensch sein.«

Mit dem deutschen Paß ist es genauso wie mit dem Jaguar.

Aber hilft der deutsche Paß immer?
Zum Beispiel:
Ich saß in einer Sommernacht in Berlin in der Künstlerkneipe »Florian« an der Bar zwischen zwei türkischen Schauspielern, meinen Lieblingsfreunden. Sie erzählten mir ihre Bettgeschichten mit immer anderen Frauen, und wir lachten so sehr, daß unsere Hocker wackelten. Ich trug ein Taftkleid mit einem tiefen Dekolleté. Links von uns an der Bar saß ein junges Mädchen. Sie lächelte und fragte: »Bist du Türkin?«
»Ja.«
»Ich wohne in Kreuzberg, und es ist so lebendig dort,

die Türken sind so nett, aber weißt du, eins tut mir leid.«
»Was?«
»Die türkischen Mädchen müssen mit dem Kopftuch aus dem Haus gehen, und erst, wenn ihre Eltern sie nicht mehr sehen können, ziehen sie es aus und stecken es in die Tasche. Und wenn sie nach Hause kommen, ziehen sie vor der Tür das Kopftuch wieder an. Wir haben einen Verein gegründet – wir wollen den türkischen Mädchen, die solche Probleme haben, helfen. Trägst du kein Kopftuch, oder hast du es auch in der Tasche?«

»Ja, ich hab es in der Tasche. Nachher werde ich es wieder umbinden müssen.«

Ich vergaß diesen Dialog und lachte weiter mit meinen beiden Freunden. Irgendwann klopfte sie auf meine Schulter und gab mir ihre Visitenkarte.

»Wenn du Hilfe brauchst, ruf mich an. Sind die Jungs da deine Brüder?«
»Ja, einer von ihnen.«
»Schlägt er dich?«
»Ja.«
»Ruf mich an, wenn er es wieder tut.«

Sie hatte Mitleid mit mir.

»Weißt du, er bumst mich auch.«
»Inzest. Ruf mich morgen an.«

Ich drehte mich wieder zu meinen Freunden herüber, rauchte eine Zigarette. Sie beobachtete mich weiter mit mitleidigem Blick, so daß ich ein schlechtes Gewissen bekam.

»Es war ein Scherz. Ich habe gar kein Kopftuch in meiner Tasche, er ist auch nicht mein Bruder, und kein Mann schlägt mich.«
Sie war verletzt und wurde böse.

»Ach so, du wolltest mir zeigen, daß wir Deutsche zu viele Vorurteile über türkische Frauen haben!«

Ich frage mich heute: Wenn ich damals neben meinem türkischen auch einen deutschen Paß in der Tasche gehabt hätte – hätte sich an der Geschichte etwas geändert?

Vielleicht werden bald mehr Ausländer zwei Pässe haben. Ich frage mich, wie viele Türken vor den türkischen Grenzbeamten ihren deutschen Paß zeigen werden.

Ein mir bekannter Türke hat seinen türkischen Paß in einen Schweizer Paßumschlag gesteckt. Wenn er diesen Umschlag hochhält, verraten ihn sein Schnurrbart und seine Arbeiterhände:
»Bist du nicht Türke?«

Ein Schweizer Freund, der Türkisch spricht, hatte seinen Schweizer Paß in einen türkischen Plastikumschlag gesteckt, hielt ihn an der Schweizer Grenze hoch, sagte »Grüezi« und ging durch.

Vielleicht müßten alle Menschen auf der Welt mindestens neunzehn Pässe haben. Wenn ein Türke nach

Griechenland oder Armenien fährt, zeigt er einfach den deutschen oder französischen Paß, wenn er nach Israel fahrt, zeigt er seinen türkischen Paß. Wenn ein Franzose nach Algerien fährt, kann er seinen schwedischen Paß zeigen, wenn ein Deutscher nach Holland fährt, kann er seinen irischen Paß zeigen. Aber auch das ist mühsam, man müßte zuerst Geschichte studieren. Wer weiß schon, wer wem vor 400 Jahren etwas angetan hat. Oder es müßte morgens im Fernsehen nach der Staumeldung die Paßmeldung kommen. »Heute mit welchem Paß in welches Land?«

Ich möchte hier Nihal zitieren, sie verdient ihr Leben als Putzfrau und hat zwei Kinder.

»Was denkst du über Doppelpässe?«

»Ich werde auch den deutschen Paß beantragen, wenn es möglich ist, wegen meiner Kinder. Sie sind hier geboren. Aber wir sind alle nur Gast auf dieser Welt, keiner von uns wird in dieser Welt bleiben, wir werden alle gehen. Alle sind Fremde in dieser Welt, letztendlich. *Ein* Paß für alle ist am besten. Der Weltpaß.«

*Meine deutschen Wörter
haben keine Kindheit*
Eine Dankrede

Ich las früher in einem Buch über Chamisso diesen Satz: Der 1781 als Sohn des Grafen von Chamissot in der Champagne geborene Dichter landete 1796 mit seinen Eltern wegen der Koalitionskriege in der deutschen Emigration in Berlin.
Damals sprach ich kein Wort Französisch und kannte Frankreich nicht, der Geburtsort von Chamisso – Champagne – rief sofort das Bild hervor, daß er in einer Champagnerflasche geboren war.
Adelbert von Chamisso, ein schöner Name, und Heinrich Heine soll ihn sehr geschätzt haben. Ich liebe Heinrich Heine, deswegen liebte ich auch Adelbert von Chamisso und sah vor mir Heine und Chamisso oft zusammensitzen.

Heinrich Heine sagt:

Mein Kind, wir waren Kinder,
Zwei Kinder, klein und froh;
Wir krochen ins Hühnerhäuschen,
Versteckten uns unter das Stroh.

Wir krähten wie die Hähne,
Und kamen Leute vorbei –
Kikereküh! Sie glaubten,
Es wäre Hahnengeschrei.

Chamisso sagt:

> Ich war auch jung und bin jetzt alt,
> Der Tag ist heiß, der Abend kalt.
> Geh du nur hin, geh du nur hin
> Und schlag dir solches aus dem Sinn.
>
> Du steigst hinauf, ich steig hinab,
> Wer geht im Schritt, wer geht im Trab?
> Sind dir die Blumen eben recht,
> Sind doch sechs Bretter auch nicht schlecht.

Und Heine antwortet:

> Es treibt dich fort von Ort zu Ort,
> Du weißt nicht mal warum;
> Im Winde klingt ein sanftes Wort,
> Schaust dich verwundert um.

Es war das Jahr 1975.
Ich schaute in Istanbul in den Himmel und dachte an Heine:

> Ihr Wolken droben, nehmt mich mit,
> Gleichviel nach welchem fernen Ort.
> Nach Lappland oder Afrika,
> Und sei's nach Pommern – Fort nur Fort.

Damals gab es in der Türkei große Unruhen zwischen rechts und links. Waffenhändler hatten die Türkei entdeckt, die Rechten töteten die Linken und ab und zu umgekehrt, die Mütter weinten. Keiner wagte es, sich vor die Wohnungstür zu setzen. Auch drinnen war es gefährlich, denn Schüsse gingen durch die Türen. Meine

Schwägerin war schwanger, in der Nacht bellten laut die Hunde. Niemand schaute mehr aus dem Fenster, und ich dachte, das Kind im Bauch hat Angst. Plötzlich rannten Männer im Stadtzentrum. Alle Frauen waren verschwunden, es herrschte eine große Angst. Zum Beispiel ein voller Bus: Zwei junge Männer kommen mit Maschinenpistolen herein und holen drei Leute heraus, keiner kann etwas dagegen tun.
Als ich 10 Jahre zuvor zum erstenmal in Deutschland gewesen war, hatte mich ein Freund öfter zum Berliner Ensemble mitgenommen. Ich habe damals Helene Weigel und Ernst Busch auf der Bühne gesehen, und das Stück Arturo Ui. Für mich noch immer eine sehr schöne Inszenierung. Noch heute habe ich die Bewegungen auf der Bühne vor meinen Augen. Dann kaufte ich von Ernst Busch und Lotte Lenya Schallplatten – Brecht's Lieder – und nahm sie mit in die Türkei. Jeden Tag hörte ich mir in Istanbul die Schallplatten an. Meine Großmutter war Analphabetin, aber sie hörte mit, weil sie mich sehr liebte. Manchmal fragte sie mich: Was sagen sie? Was sagen sie? Ich übersetzte:

Und der Haifisch,
der hat Zähne,
und die trägt er im Gesicht...

Während des Militärputschs in der Türkei wurde auch ich 3 Wochen festgenommen, weil ich Reportagen gemacht hatte. Bei einem Putsch steht alles still, die Baustellen, Export und Import, Menschenrechte. Auch die Karriere steht still. Sogar die Liebe kann stillstehen, ein großes Loch tut sich auf.
Dort in Istanbul, in diesem tiefen Loch haben die Wörter Brechts mir geholfen:

Gott sei Dank geht alles schnell vorüber
Auch die Liebe und der Kummer sogar.
Wo sind die Tränen von gestern abend?
Wo ist der Schnee vom vergangenen Jahr?

In Istanbul halfen mir die deutschen Wörter von Brecht, so wie ein arabisches Gebetswort mir vor 30 Jahren in Paris geholfen hatte – das Wort Bismillahirahmanirrahim.
Viele Türken wissen gar nicht, was das Wort bedeutet, aber sagen es, bevor sie ins Haus treten, Brot schneiden oder schlafen. Ein Zauberwort, auf das sie sich verlassen. Ich war als 18jähriges Mädchen nach Paris gefahren. Ein paar Freunde hatten mir die Adresse eines Freundes gegeben. Er wohnte in einem Studentenheim an der Cité Universitaire. Der Pförtner dieses Studentenheims, ein Algerier, konnte den Jungen nicht finden, weil es an dem Abend dort eine große Feier gab. Ich sprach kein Wort Französisch, wartete und war sehr müde. Die Frau des Pförtners lud mich in ihre Zweizimmerwohnung ein, ich legte mich auf ein Sofa und schlief sofort ein. In der Nacht wachte ich wegen eines Schattens über mir auf. Der Pförtner saß auf einem Stuhl neben meinem Bett und guckte mich an. Mir fiel das arabische Gebetswort ein, ich sagte: Bismillahirahmanirrahim. Er stand sofort auf, sagte ebenfalls Bismillahirahmanirrahim und ging weg. Das arabische Wort hat mich damals vielleicht in Paris gerettet, Brechts deutsche Wörter halfen mir in dem großen Loch in Istanbul.
Damals bedeutete in der Türkei Wort gleich Mord. Man konnte wegen Wörtern erschossen, gefoltert, aufgehängt werden. In solchen Jahren können die Wörter schlechte Erfahrungen machen.
»Weißt du, in welchem Gefängnis Mehmet sitzt?«

»Ja, in Selimiye. Er wartet darauf, aufgehängt zu werden.«
»Heute sind 8 Studenten ermordet worden. Ihre Väter sind mit Särgen gekommen und haben die Köpfe ihrer Söhne gesucht.«
Jahrelang solche türkischen Wörter. Ich wurde unglücklich in der türkischen Sprache.

Mein Traum damals war, einmal mit einem Brecht-Schüler zu arbeiten. Schweizer Freunde hatten mir ein Buch über Benno Besson geschickt. Also setzte ich mich in den Zug und fuhr nach Berlin.

Meine ersten deutschen Wörter waren:
»Herr Besson, ich bin gekommen, um von Ihnen das Brecht-System zu lernen.« Er sagte:
»Willkommen.«
Sofort machten meine ersten deutschen Wörter eine gute Erfahrung.
Was Brechts Lied mir in Istanbul versprochen hatte, passierte in Berlin wirklich:

> Gott sei Dank geht alles schnell vorüber
> Auch die Liebe und der Kummer sogar.
> Wo sind die Tränen von gestern abend?
> Wo ist der Schnee vom vergangenen Jahr?

Man sagt, die Zunge hat keine Knochen. Ich drehte meine Zunge ins Deutsche, und plötzlich war ich glücklich – dort am Theater, wo die tragischen Stoffe einen berühren und zugleich eine Utopie versprechen.
Ich hörte: In den Demokratien gibt es keine Tragödien, nur Komödien oder Stoffe für Kabarettisten. Am Deutschen Theater aber sah ich die Tragödien. Auf der Straße

sah Deutschland aus, als ob es keine Geschichte hätte, am Theater aber fand ich die Geschichte. Kleist – Büchner – Lenz. Büchner war so jung gestorben, es verursachte mir Schmerzen, Darmstadt ist keine schöne Stadt, aber ich mag sie, ich wollte immer wissen, was hat Büchner hier gesehen, wohin hat er geschaut? Ich wurde mit Büchner, Kleist, Lenz so glücklich, daß ich sogar meine türkischen Wörter, die ich ins Eis gelegt hatte, wieder auftaute.
Wir inszenierten in Berlin Goethes »Bürgergeneral«. Ein Truthahn sollte mit einer Jakobinermütze auf der Bühne herumlaufen und sich aufregen. Der Truthahn aber bewegte sich nicht, auch sein Besitzer konnte ihn nicht in Bewegung bringen. Ich sagte: »Ich kenne ein türkisches Lied aus meiner Kindheit. Wir hatten zu Hause einen Truthahn, und mit diesem Lied machten wir ihn so wütend, daß er sogar flog und sich auf die Schultern meiner Großmutter setzte.« Der Regisseur Matthias Langhoff lachte: »Geh auf die Bühne und sing das türkische Lied.«

Kabaramaz kabaramaz
Kel Fatma
Annen güzel, sen çirkin

Kabaramaz kabaramaz
Kel Fatma
Annen güzel, sen çirkin

Der deutsche Truthahn ist gelaufen.

Seit zehn Jahren werde ich gefragt: »Warum schreiben Sie in Deutsch?«
Ich spiele seit zwanzig Jahren auf deutschen und franzö-

sischen Bühnen Theater, und niemand dort hat mich gefragt: »Warum spielen Sie in Deutsch?« »Warum spielen Sie in Französisch?«
Niemand hat gesagt: »Man kann doch nur in der Muttersprache die Gefühle richtig ausdrücken...«
Als ich anfing zu schreiben, habe ich gar nicht darüber nachgedacht, in welcher Sprache ich schreiben sollte. Als ich meinen ersten Roman »Das Leben ist eine Karawanserei« begann, wußte ich noch nicht einmal, daß es ein Roman werden würde. Ich besuchte damals zwei deutsche Freundinnen in Hamburg – Zwillingsschwestern –, Ursel und Karin. Beide sind Psychologinnen. Sie fuhren jeden Tag auf der Autobahn zu ihrer Irrenanstalt. Wenn Karin nach Hause kam, erzählte sie Geschichten von den Verrückten, und Ursel hatte gerade eine neue Schreibmaschine. Sie erklärte mir, wie man damit umging, also habe ich mich hingesetzt und angefangen zu schreiben – in Deutsch. Abends habe ich ihnen meine Texte gegeben, zwei Zwillingsgesichter lasen. Es hat ihnen gefallen. Dann haben wir gekocht und geredet, und am nächsten Tag konnte ich wieder schreiben. So hat es angefangen. In einer wunderbaren Atmosphäre, zwei deutsche Frauen, meine Lieblingsfreundinnen, sehr schöne Frauen, beide blond...

Ein japanisches Sprichwort sagt: Nur die Reise ist schön – nicht das Ankommen. Vielleicht liebt man an einer fremden Sprache genau diese Reise. Man macht auf der Reise viele Fehler, aber man kämpft mit der Sprache, man dreht die Wörter nach links und rechts, man arbeitet mit ihr, man entdeckt sie.
Meine deutschen Wörter haben keine Kindheit, aber meine Erfahrung mit deutschen Wörtern ist ganz körperlich. Die deutschen Wörter haben Körper für mich. Ich

bin ihnen im wunderbaren deutschen Theater begegnet.
Das Theater ist ein Dialog zwischen Körpern, nicht zwischen Köpfen, auch die Wörter werden zu Körpern. Die deutschen Wörter – entweder habe ich sie am Theater selbst gespielt oder sie von den Schauspielerfreunden gehört. Zum Beispiel fuhr ich mit Benno Besson nach Paris. Er wollte dort für das Festival d'Avignon den »Kaukasischen Kreidekreis« von Brecht inszenieren. Ich konnte kein Wort Französisch und hatte nur Brechts Textbuch in Deutsch vor mir. Mein erster französischer Satz, bevor ich auf französisch Brot kaufen konnte, lautete: »C'est pour ça que je boite maintenant.« – (Deswegen hinke ich.)
Oder der Satz: »Jeune femme, je veux un enfant de toi.« – (Junge Frau, ich will ein Kind von dir haben.) Ich lernte diese Sätze, weil sie ein Teil der Körpersprache dieses Schauspielers waren.
Das inszenierte Wort ist ungeheuer intensiv. Aber wenn man das Stück zu Ende gespielt hat, kann man die Wörter wie die Kostüme ausziehen und in der Garderobe lassen. Licht ausmachen.
Seit 22 Jahren habe ich in Deutschland in vielen Theatergarderoben meine deutschen Wörter liegengelassen und sie am nächsten Abend wiedergefunden.
Mein Freund, mein Lektor Helge Malchow, sagte mir einmal: »Vielleicht schreibst du in Deutsch, weil du in der deutschen Sprache glücklich geworden bist.«

Quellenhinweise

»Der Hof im Spiegel«: geschrieben für den Preis der LiteraTour Nord, 1999

»Schwarzauge in Deutschland«, in: »DIE ZEIT« vom 26. 2. 1993

»Mein Berlin«, in: »Der Tagesspiegel« vom 13. 6. 1999

»Ulis Weinen«, in: »Vorwärts«, Ost-West-Begegnungen 3/2000 unter dem Titel »Uli weint«

»Mein Istanbul«, in: »Die Weltwoche« vom 6. 8. 1998

»Franz«, in: »Denk ich an Deutschland…«, Frankfurt 1993

»Die neuen Friedhöfe in Deutschland«, in: »Frankfurter Rundschau« vom 6. 3. 1999

»Meine deutschen Wörter haben keine Kindheit«, Dankrede zur Verleihung des Adelbert-von-Chamisso-Preises, München 1999

Die Zitate in »*Der Hof im Spiegel*« entstammen folgenden Veröffentlichungen:

Joseph Conrad, »Herz der Finsternis«, Zürich 1977;

»Klops-Lied«, aus: The Unknown, Kurt Weill. 1982 by European American Music Corporation. Int. Copyright. Edited by Lys Simonette;

Heinrich Heine, »Warnung«, in: »Heines Werke«, Bd. 1, Berlin/Weimar 1976, S. 131;
– »In der Fremde«, ibd. S. 139;
– »Klagelied eines altdeutschen Jünglings«, ibd. S. 77;

»Alabama Song« in: »Über die irdische Liebe und andere gewisse Welträtsel in Liedern und Balladen von Bert Brecht«, Berlin 1972;

Charles Baudelaire, »Les Fleurs du Mal«, Paris 1972, S. 52 und 203;

Can Yücel, The Poetry of Can Yücel, Istanbul 1993, S. 31, 53, 67, 97.

Lewis Carroll, »Alice im Wunderland«, Frankfurt 1963

Die Zitate in »*Fahrrad auf dem Eis*« entstammen folgenden Veröffentlichungen:

John Berger, »Das Sichtbare & das Verborgene«, München 1999, S. 289;
– ders., »Das Leben der Bilder«, Berlin 1989, S. 101;

Van Gogh, »Sämtliche Briefe«, Bd. I und VI, Bornheim-Merten 1985

Berlitz Reiseführer Amsterdam, 1998

Die Zitate in »*Meine deutschen Wörter haben keine Kindheit*« entstammen folgenden Veröffentlichungen:
Heinrich Heine, »Klagelied eines altdeutschen Jünglings«, in: »Heines Werke«, Bd. I, Berlin/Weimar 1976, S. 81 und »In der Fremde«, ibd. S. 139

Die Übersetzung der Gedichte von Can Yücel aus dem Türkischen übernahm Recai Hallaç, Bonn.

© Abbildung S. 101, Frans Hals, »Maaltijd van Officieren van de St. Jorisdoelen te Haarlem«, 1627, Frans Hals-museum, Haarlem.